EL SABOR
DE LO PROHIBIDO

Antología personal de cuentos

♦ ♦ ♦

Colección Caribeña

La estructura dialéctica de El otoño del patriarca
   Kalman Barsy.
El tramo ancla. Ensayos puertorriqueños de hoy.
   Ana Lydia Vega *et alii.*
*Reapropiaciones. Cultura y nueva escritura en
Puerto Rico.*
   Julio Ortega.
*Escribir en Cuba.Entrevistas con escritores
cubanos, 1979-1989.*
   Emilio Bejel.
*Here and Elsewhere.Essays on Caribbean
Literature.*
   Gerald Guinness.
El sabor de lo prohibido.
   José Alcántara Almánzar
Al filo del poder.
   Fernando Picó.

José Alcántara Almánzar

EL SABOR
DE LO PROHIBIDO

Antología personal de cuentos

♦ ♦ ♦

EDITORIAL DE LA UNIVERSIDAD
DE PUERTO RICO
1993

Primera edición: 1993
Reimpresión: 2001

Catalogación de la Biblioteca del Congreso
Library of Congress Cataloging-in-Publication Data

Alcántara Almánzar, José. 1946-
     El sabor de lo prohibido: antología personal de cuentos.
  José Alcántara Almánzar,-- 1. ed.
     p.   cm.
  Includes bibliographical references.
  ISBN 0-8477-0188-3
  1. Title.
PQ7409.2.A37S23   1993
863-dc20   92-42328
                             CIP

Tipografía: Ninón de Saleme/Saleme y Asociados
Portada: José A. Peláez
     Obra "La hora nona", del artista dominicano Jorge Severino.
     Técnica mixta sobre tela
        42 x 36", 1991

Impreso en los Estados Unidos de América
Printed in the United States of America

EDITORIAL DE LA UNIVERSIDAD DE PUERTO RICO
Apartado Postal 23322
Río Piedras, Puerto Rico 00931-3322
Administración: TEL (787) 250-0000 / FAX (787) 753-9116
Ventas: TEL (787) 758-8345 / FAX (787) 751-8785

Contenido

♦♦♦

Sencillamente ignorados: La cuentística
de José Alcántara Almánzar en su contexto
caribeño, por Efraín Barradas . . . .　9
La aventura del cuento . . . .　31
El zurdo . . . .　43
La obsesión de Eva . . . .　59
Como una noche con las piernas abiertas. . . . . . .　75
La reina y su secreto . . . .　89
Lulú o la metamorfosis . . . .　101
Ruidos. . . . .　115
Crónica trivial de una fiesta íntima . . . .　129
Con papá en casa de Madame Sophie. . . . .　165
Enigma . . . .　185
La insólita Irene . . . .　195
Rumbo al mar . . . .　207
La prueba . . . .　215

Hay
un país en el mundo
                    colocado
en el mismo trayecto del sol.
Oriundo de la noche.

. . . .
                              Sencillamente
frutal. Fluvial. Y material. Y sin embargo
sencillamente tórrido y pateado
como una adolescente en las caderas.
Sencillamente triste y oprimido.
Sinceramente agreste y despoblado.

Pedro Mir

Sencillamente ignorados: La cuentística de José Alcántara Almánzar en su contexto caribeño

◆◆◆

I. La isla que se aísla.

Escribir en la República Dominicana es una tarea ardua, aun si medimos esa dificultad con la dura regla hispanoamericana. Publicar un libro cuesta inmenso trabajo en esa isla hermana. Más aún, crear una obra consecuente es una labor de titanes en la antilla hispana de más bajo nivel de alfabetización donde la literatura es obviamente un lujo, aunque lujo necesario. Pero, a pesar de todo ello, los escritores y escritoras dominicanos continúan su camino cuesta arriba y nos dan, con sorprendente frecuencia, textos que van formando un cuerpo literario que reconocemos como algo nuevo en la literatura caribeña. Desafortunadamente pocos lectores que viven más allá de las orillas del Ozama tienen nuevas de esa nueva literatura dominicana.

Tal ignorancia no es, necesariamente, culpa del público lector ni de los estudiosos de las letras latinoamericanas que intentan siempre mantenerse al tanto de todo lo que ocurre en su vasto campo de trabajo. La razón de ese desconocimiento tiene hondas raíces que están relacionadas con las mismas causas económicas y políticas que producen ese constante y difícil laboreo de los artistas dominicanos. La dificultad de publicar y la casi imposibilidad de distribuir los libros dominicanos fuera del país crean un círculo vicioso cultural. Ese desconocimiento lleva a una falta de interés por la distribución de los textos dominicanos de importancia: la ignorancia genera más desconocimiento y los literatos dominicanos permanecen sencillamente ignorados.

Ese aislamiento involuntario es uno de los mayores males que sufren las letras dominicanas hoy y que han sufrido en el pasado. Fuera de Juan Bosch, Manuel de Jesús Galván, Pedro Mir, Manuel del Cabral y Pedro Henríquez Ureña: ¿qué otro escritor o escritora dominicano es reconocido y leído fuera de su país? Y aun algunos de éstos son sólo nombres reconocidos pero no autores leídos. Más autores dominicanos deberían formar parte del canon latinoamericano o, al menos, muchos más debían conocerse mejor en el resto de América Latina. Pero el mal se perpetúa por la mala circulación de esos textos: obras y autores dominicanos dignos de ser conocidos y leídos por todos sólo circulan entre sus compatriotas. La ser-

piente se muerde la cola y el círculo parece dar vueltas sobre sí incesantemente.

Una ojeada a los catálogos de distinguidas editoriales mexicanas, argentinas, cubanas o venezolanas
—las capitales editoriales más importantes en Hispanoamérica— confirman con claridad este aislamiento
que se perpetúa año tras año. Por ejemplo, entre los
primeros cien textos clásicos de la literatura latinoamericana publicados por la prestigiosa Editorial Aya-
cucho de Caracas sólo se encuentra uno dominicano:
una selección de ensayos de Pedro Henríquez Ureña.
Por otro lado, sí podemos hallar textos de Manuel del
Cabral publicados en la Argentina, país donde este
poeta vivió exilado por muchos años. A Bosch lo hallamos frecuentemente en antologías del cuento clásico hispanoamericano. También hallamos un muestra-
rio de poemas y una novela de Pedro Mir publicados
bajo el sello de una importante editorial mexicana de
distribución mundial. Marcio Veloz Maggiolo ha publicado en Caracas y una novela importante de Pedro
Vergés ha salido en España; mientras tanto jóvenes
poetas dominicanos residentes en los Estados Unidos
publican sus textos en Nueva York. Pero estos casos
no solucionan el problema aunque son hechos que parecen anunciar una /quiebra\ del aislamiento editorial
que casi asfixia las letras dominicanas. Algo similar
parece pronosticar la más frecuente publicación de
textos de autores quisqueyanos en Casa de las Américas, la imprescindible editorial cubana que tanto
ha hecho por establecer un nuevo canon en nuestras
letras y por difundir en todo el continente las obras

más importantes de cada uno de los países latinoamericanos. Pero a pesar de esas publicaciones venezolanas, cubanas, argentinas y mexicanas, y a pesar del esfuerzo de académicos fuera de la República Dominicana —pienso en los casos ejemplares de Víctor Fer-
nández Fragoso, Doris Sommer y Daisy Cocco de Fi-
lippis, entre otros—, las letras dominicanas siguen aisladas y, por aisladas, desconocidas.

Por ello todo esfuerzo por publicar la obra de un
dominicano fuera de su país y de darlo a conocer más
allá de su contexto nacional es un acto que tiene que
ser bienvenido por todos. Mejor aún si se trata de la
publicación de una muestra de la cuentística de José
Alcántara Almánzar, el cuentista más significativo para
las letras de su país desde la aparición de Juan Bosch.
Tal publicación debe ser reconocida como un acto de
importancia para el conocimiento de las letras dominicanas fuera de su país y para la formación de un
nuevo canon caribeño, especialmente si el libro aparece en otra de las antillas.

II. Ojo: El Caribe (completo) en una sola mirada.

Por fuerza de voluntad intelectual, por accidentes
históricos, por realidades físicas —étnicas y geográficas—, por conveniencia económica de otros, por
necesidades nuestras, por tantas y tantas razones que
se hace imposible enumerar en un corto espacio, el
Caribe es y ha sido desde hace siglos una entidad

cultural que se destaca por la comunidad de rasgos a pesar de las marcadas diferencias que distinguen sus manifestaciones regionales. Los escritores y escritoras caribeños, desde el Père Labat hasta V.S. Naipaul, desde fray Ramón Pané hasta Nancy Morejón, han insistido en la existencia necesaria de esa entidad cultural. Una permanente voluntad de ser y una necesidad de inventarse y reinventarse ese carácter definitorio han caracterizado las letras caribeñas desde siempre.

Pero esa voluntad de ser caribeños nos puede llevar a ignorar los desfases y las diferencias que conforman esa esencia compartida. Esto es particularmente cierto en el ámbito de las letras de nuestro siglo. Nuestros caminos históricos se distancian más en el siglo XX que en los pasados, pero, además, la falta de comunicación y de contactos efectivos es, en gran medida, la causante de esos desfases. A veces, el deseo de ser uno y el mismo en todas las islas nos lleva a ignorar las diferencias que también nos forman y confirman como caribeños.

El reconocimiento de esos desfases y, al mismo tiempo, de la voluntad de una identidad compartida ha llevado, por ejemplo, a un estudioso de las letras caribeñas a proponer la necesidad de una perspectiva nueva para obtener una imagen certera y acertada de la totalidad: nuestra realidad múltiple y única a la vez. Por ello Antonio Benítez Rojo postula la necesidad de una visión posmoderna del Caribe, ya que considera que "...la óptica posmoderna tiene la virtud de ser la única que se dirige al juego de las paradojas y de las

excentricidades, de los flujos y los desplazamientos".[1]
El reconocimiento de esa realidad no nos fuerza a
adoptar tal perspectiva crítica pero sí a aceptar la necesidad de gran cautela al acercarnos a la literatura
de varias regiones caribeñas desde una perspectiva
comparada. Así y por ejemplo, al examinar la cuentística del boricua Emilio S. Belaval (1903-72) y la de
su contemporáneo dominicano Juan Bosch (1909-   )
o del cubano Lino Novás Calvo (1903-87) tenemos
que mantener siempre presente que dentro de la comunidad de propósitos y logros de estos tres autores
también se esconden diferencias mayores que tienen
que marcar nuestro acercamiento a sus textos.[2] Ver
el Caribe completo cuesta trabajo, si es que no se hace francamente imposible.

Consideraciones parecidas tienen que estar presentes cuando estudiamos en su contexto antillano los
cuentos de José Alcántara Almánzar. De inmediato
nos tienta comparar su obra narrativa, por ejemplo,
con la de Tomás López Ramírez, su exacto contemporáneo puertorriqueño, o con la de Senel Paz, un
narrador cubano cuatro años más joven que él. Tal
estudio comparado sería válido, iluminador y nece-

---

[1] Antonio Benítez Rojo. *La isla que se repite. El Caribe y la perspectiva posmoderna.* Hanover, New Hampshire: Ediciones del Norte,
1989, p. 313.

[2] Doy como ejemplo estos tres narradores caribeños de la primera
mitad del siglo ya que esperamos el estudio que de su narrativa prepara
el profesor Ramón Figueroa, de Colgate College. En su trabajo el profesor Figueroa trata muchos de los problemas que surgen en este tipo de
comparación. Agradezco a Figueroa sus referencias bibliográficas y sus
comentarios sobre letras dominicanas, que he tomado en consideración
al redactar este texto.

sario pero siempre tiene que darse tomando en consideración las circunstancias nacionales específicas que conforman la obra de estos autores. Antes de embarcarnos en la tarea de contextualización caribeña y caribeñista de la obra de cualquier autor tenemos que verla en su propio contexto nacional.

III. Del campo quiroguiano a la ciudad cortazariana

Aunque la historia de la narrativa dominicana contemporánea está por escribirse, no cabe duda alguna que en ésta Juan Bosch tendrá una posición central. Bosch es el narrador dominicano más importante de todos los tiempos. Su importancia trasciende los límites nacionales y es, sin duda, uno de los maestros del cuento latinoamericano. Su posición en el canon nacional y en el latinoamericano es indiscutible, innegable.

Desafortunadamente y como ocurre con muchos autores clásicos, a Bosch sólo se le conoce fuera de su país por uno o dos de sus cuentos —"La mujer", "Luis Pie", "La noche buena de Encarnación Mendoza", "En un bohío", por ejemplo— que sólo presentan un aspecto importante y hasta central de su narrativa: la reconstrucción del mundo del campesino dominicano. Por ello, para una estudiosa de su obra "la gran temática humana ... en toda la narrativa de Juan Bosch es la muerte, no como condición existencial de ruptura definitiva con la realidad, sino como patrimonio social, de patrimonio casi hereditario, que se impone desde la misma realidad de campesino explotado y miserable que no tiene otra cosa que su vida...".[3] Pero una lectura de la totalidad de su cuentística, lectura un tanto difícil para el lector no dominicano que no tiene acceso fácil a todas sus narraciones, prueba que tal visión de la narrativa de Bosch, aunque correcta, no expone plenamente su variedad y complejidad. Otros estudiosos de la obra de Bosch ofrecen una visión más exacta de su cuentística y en ésta destacan, entre otros elementos, la función importantísima que desempeña en sus cuentos lo fantástico.[4] Pero —no cabe duda de ello— la imagen dominante de este imprescindible cuentista es la que ofrecen las antologías, la del escritor que recrea los dolores y angustias del campesino de su país.

Posiblemente ésa fue la imagen de Bosch que tenían los jóvenes que crecieron en la República Dominicana durante el Trujillato. Los textos de Bosch escritos en el exilio[5] tuvieron poca circulación en su país y su obra no se incluye en la antología oficial de cuentos dominicanos publicada en el país durante el régimen

---

[3] Rosario Carcurro. "Prólogo", Juan Bosch, *Cuentos.* La Habana: Colección Literatura Latinoamericana, Casa de las Américas, 1983, pp. XII-XIII.

[4] Para un cuadro más preciso de la obra de Juan Bosch recomiendo el texto de Franklin Gutiérrez (comp.). *Aproximaciones a la narrativa de Juan Bosch* (New York: Ediciones Enlace, 1989) donde se recogen importantes estudios de varios críticos.

[5] Es tan importante el exilio en la vida y la obra de Bosch que sirve de constante en los títulos de una de las colecciones de sus cuentos completos: *Cuentos escritos antes del exilio* (Santo Domingo: Edición Especial, 1974), *Cuentos escritos en el exilio* (Santo Domingo: Edición Especial, 1974) y *Más cuentos escritos en el exilio* (Santo Domingo: Edición Especial, 1976).

de Trujillo.[6] Paradójicamente, parte de la fuerza de Bosch en las letras dominicanas de entonces fue su radical ausencia.

Para cualquier cuentista dominicano —y para muchos de otras regiones del Caribe— la obra de Juan Bosch es un cuerpo literario que no se puede ignorar y ante el cual se tiene que reaccionar para poder crear un cuento nuevo y propio. El caso de José Alcántara Almánzar no es excepción. Muy al contrario, para entender la obra de este joven escritor hay que partir del peso del cuentista mayor en su obra.[7] Aunque Alcántara es uno de los cuentistas dominicanos más importantes de los últimos años, se hace necesario ver qué cambios se dan en su cuentística que la diferencian de la de Bosch. Tal proceso —creo— no sólo nos sirve para entender la producción del más joven de estos cuentistas —objetivo principal de estas páginas— sino para hallar formas de acercarse a la cuentística dominicana en sí para y comenzar a verla en su contexto caribeño hispano.

Si algo caracteriza el paso que se da de la obra de Bosch, en sus representaciones más características y antológicas, a la de Alcántara Almánzar es el cambio de ambiente y personajes en los cuentos de ambos.

---

[6] Sócrates Nolasco (comp.). *El cuento en Santo Domingo. Selección antológica.* Ciudad Trujillo: Librería Dominicana, 1957.

[7] Para un estudio de la relación de Alcántara con Bosch véase mi trabajo "La seducción de las máscaras: José Alcántara Almánzar, Juan Bosch y la joven narrativa dominicana" *(Revista Iberoamericana,* [Pittsburgh University] 142 (1988): 11-25). Advierto que la comparación de estos dos cuentistas no presupone un endoso de la vieja teoría de las generaciones. En el artículo citado propongo el empleo de otras teorías para acercarse a lo que antes se veía como un conflicto generacional.

Aunque los trueques de modelos y técnicas narrativas también son obvios, es el primer cambio el que más dramáticamente distancia a un autor de otro. De Bosch a Alcántara vamos del campo a la ciudad, del campesino del Cibao al habitante de la capital dominicana post-trujillista. De Bosch a Alcántara también vamos del "Manual del perfecto cuentista" de Horacio Quiroga a "Del cuento breve y sus alrededores" de Julio Cortázar. Pero más que ese cambio es el otro, el de la ambientación y los personajes que en ella se dan, lo que mejor ejemplifica el proceso que distancia y distingue a estos dos cuentistas dominicanos.

IV. "...esta ciudad con cabeza de hidra".

La lectura de los cuentos de José Alcántara Almánzar nos coloca de cuerpo entero en la ciudad, específicamente en Santo Domingo. Sus cuentos están llenos de referencias a lugares concretos de ésta. El lector se pasea por la capital dominicana y el privilegiado, aquel que la conoce bien, reconoce de inmediato las claves que la voz narradora de estos cuentos esconde en esas alusiones geográficas. Por ejemplo, una referencia a Gazcue nos coloca de inmediato en un ambiente burgués o de rancia comodidad o riqueza. Las alusiones al Malecón, al río Ozama o al Alcázar de Don Diego nos sitúan en la Ciudad Colonial; dichas referencias sirven para contrastar de manera indirecta la historia colonial con los acontecimientos recientes que enmarcan la trama de los cuentos. Una alusión a la playa de Güibia o a la Avenida Independencia o al Cine Julia, por ejemplo, va mucho más allá del mero apunte del marco de referencia geográfico en que se mueven los personajes. Un lector dominicano, privilegiado por el conocimiento a fondo de los significados más profundos de estas alusiones, encuentra mayores matices escondidos en los cuentos de Alcántara que uno que nunca ha visitado la ciudad y la conoce sólo a través de esos mismos libros que lee o por conversaciones de amigos dominicanos.

Pero no importa cual sea el conocimiento que tengamos de la ciudad de Santo Domingo, marco de todos los cuentos de Alcántara, al leerlos se hace evidente que en este autor el campo es ya un marco de referencias descartado. En "La insólita Irene" de *Callejón sin salida* (1975), por ejemplo, aparece el campo pero éste funciona como lugar donde los personajes se sienten fuera de su contexto natural y, por ello, lugar propicio para el acontecimiento fantástico que se narra. Los suburbios se asoman en algún otro cuento, particularmente en "Con Papá en casa de Madame Sophie" de *Testimonios y profanaciones* (1978), pero sólo sirven para marcar el paso del crecimiento de la ciudad que le quita más y más terreno a lo que antes era puro campo. Sin duda, es el ámbito citadino el que domina y controla las narraciones y sienta la tónica de toda la cuentística de Alcántara Almánzar.

Desde un punto de vista sociológico se puede explicar fácilmente la transformación que se da en la narrativa dominicana de Bosch a Alcántara. Las cifras más confiables que he podido obtener atestiguan un

drástico cambio poblacional que sirve para entender
por qué este joven narrador ya no mira al campo como punto de referencia para sus cuentos.[8] Pero, a pesar de esos datos, no hay que postular que la autobio-
grafía del autor es lo que impone en sus cuentos el
predominio del campo sobre la ciudad como marco
de referencia y ámbito de su obra. Otros casos en
la historia de la literatura hispanoamericana nos sirven para probar que tal visión autobiográfica es falsa.
Por ejemplo, los novelistas hispanoamericanos de
principio de siglo no eran campesinos, no tenían que
ser devorados por la selva para crear los mitos que
sustentan la llamada "novela de la tierra". Eran esen-
cialmente letrados citadinos pero se veían casi obliga-
dos a escribir sobre la pampa o el llano o la selva
amazónica: ésa era la norma implícita en la ideología
dominante en las letras de su momento. De forma
parecida, aunque inversa en significados, los jóvenes
cuentistas antillanos de hoy se sienten atraídos por

[8] La población de la capital de la República Dominicana en 1961
era de aproximadamente 390, 750 habitantes. Para 1970 ésta casi se había
doblado al alcanzar unas 700,000 personas. El crecimiento es aún más
marcado en la próxima década: en 1981 la capital tiene unos 1,313,172
ciudadanos y en 1987, fecha más reciente para la cual he conseguido cifras
poblacionales, Santo Domingo tiene aproximadamente unos 1,700,000
habitantes. Véanse *Whitaker's Almanac* (Londres: J. Whitaker's and
Son, L.T.D., 1990) y *World Almanac and Book of Facts* (New York:
Press Publishing Corporation, 1990). Le agradezco a Karisa Orlandi,
Bibliotecaria en el Sistema de Bibliotecas de la Universidad de Puerto
Rico, esta información. Para otros datos sobre la población dominicana,
véase el libro de Jorge Duany (comp.). *Los dominicanos en Puerto Rico. Migración en la semi-periferia.* San Juan: Ediciones Huracán, 1990.
Aunque los estudios incluidos en este libro se refieren a la reciente presencia masiva de los dominicanos en San Juan, sirven también para
constatar el proceso de migración interna del campo a la capital que se
ha ido dando en la República Dominicana durante las últimas décadas.

escribir sobre la ciudad. Alcántara es un caso ejemplar.

La ciudad en sus cuentos —y por ciudad aquí sólo se entiende Santo Domingo— es más que una referencia concreta o un ámbito de circunstancias. La ciudad en Alcántara es la manifestación más exacta de la totalidad del mundo que le importa al autor, la sociedad dominicana. Por ello, ésta le sirve como medio para consolidar sus comentarios y críticas sobre ese mundo.

No podemos decir que estos sean cuentos que se regusten en la ciudad y sus placeres. Al contrario, estos textos la presentan muchas veces como un lugar inhóspito, duro y hasta cruel. La voz narradora de "Como una noche con las piernas abiertas", el último cuento de su más reciente colección, *La carne estremecida* (1989), se cuestiona sobre las motivaciones de un personaje y declara:

> *Tal vez, igual que yo, encontrara en la aventura de una noche anónima alguna compensación a la vida sin alicientes de quienes habitamos esta ciudad con cabeza de hidra. (p. 86)*

La imagen es dura y no es la única de este tipo en los cuentos. Esta ciudad tiene una correspondencia íntima con sus habitantes; los personajes se reconocen como seres que la habitan; se aceptan como sus ciudadanos. Tal es el apego a la ciudad que hay momentos en algunos cuentos en que la voz narradora la describe aunque esa descripción no cumple función alguna en el desarrollo narrativo; así ocurre, por ejemplo, en "La prueba".

Pero más que la ciudad es el ámbito interior de las casas y los apartamentos donde se desarrollan los cuentos de Alcántara. Si la antítesis ciudad-campo es importante para entender el paso de Bosch a Alcántara, la de interior-exterior es importante para el examen de sus cuentos como estructuras narrativas. Esta pareja de polos antagónicos sirve para estructurar sus mejores narraciones y aun aquéllas donde el autor no ofrece sus logros mayores. Por ejemplo, en "La Reina y su secreto" de *Las máscaras de la seducción* (1983) —para mí su cuento más logrado— es donde este binomio cumple más claramente su función organizadora en la estructura misma del cuento. Todo el cuento está estructurado a partir del juego de esos polos o de cómo el interior (la Reina) domina o seduce el exterior (la niña). Aquí el mundo interior es uno de perversión mientras que el exterior es de luz y seguridad. En ningún otro cuento Alcántara se acerca tanto como aquí a la delectación en lo marginal y, sobre todo, en lo camp.[9]

El cultivo de esta categoría estética —lo camp— es una tentación en muchos de sus cuentos, pero frecuentemente el narrador la evade en el momento más crítico al darles una solución poética a éstos o al distanciarse de ella por medio de la poetización del lenguaje

---

[9] Probablemente no sea necesario referir al lector al estudio clásico y obligado de esta categoría estética: Susan Sontag, "Notes on Camp", *Against Interpretation and Other Essays* (New York: Dell Publishing Company, 1970; la primera edición es de 1961). Sí vale la pena apuntar el esfuerzo de Carlos Monsiváis por usar esa categoría para el estudio de la cultura mexicana. Véase su ensayo "El hastío es un pavo real que se aburre a la luz de la tarde (Notas del camp en México)", *Días de guardar* (México: Era, 1970, pp. 171-192).

que la voz narradora usa para describir los personajes. Esta última alternativa se evidencia, por ejemplo, en "Crónica trivial de una fiesta íntima" de *Testimonios y profanaciones* (1978).

Pero en "La Reina y su secreto" Alcántara casi exalta el mundo de la decadencia que se describe en la casa. La palabra seducción es la clave del cuento ya que en éste se narra el lento proceso de la posesión de una niña por un viejo grotesco vestido de mujer y, sobre todo, porque en el proceso narrativo mismo se evidencia la capacidad seductora que el mundo que se critica tiene sobre la voz narradora. En "La Reina y su secreto" hay dos seducciones: la del personaje y la de la voz narradora. Este, en ciertos aspectos, es el más ambiguo de todos los cuentos de Alcántara; probablemente, por ello sea su mejor narración.

Ese binomio interior-exterior se transforma en otros cuentos en otras categorías paralelas: hombre-mujer en "La obsesión de Eva" e izquierda-derecha en "El zurdo", ambos de *La carne estremecida* (1989). Este último cuento, que no es el mejor de Alcántara en términos de logros narrativos, es un excelente ejemplo de cómo esta anteposición de elementos antagónicos sirve para entender muchas de sus narraciones ya que ésta se puede transformar en otras parejas de polos opuestos que sirven para estructurar otras narraciones.

En ese sentido, la pareja de opuestos principal y la que nos remite una vez más al contexto de la historia del cuento dominicano es la de sociología-sicología o sociedad-individuo. En cuentos como "La prueba" se ve claramente cómo el interés mayor de nuestro autor está en crear una alegoría o una estructura narrativa sencilla o arquetípica que le sirva para presentar la lucha del individuo en el contexto social. Alcántara está interesado en hablar del yo frente a la sociedad mientras que a un autor como Bosch le interesa ver cómo la sociedad forma y conforma al individuo. En cuentos como "En un bohío" o "Luis Pie" lo que importa es ver cómo la sociedad estructura los sentimientos y las ideas de los personajes. En cambio, en "La Reina y su secreto" o en "El zurdo" es el yo que se confronta a la sociedad y se revela ante sus normas. Pero Alcántara cree en valores altruistas que no le permiten adoptar una posición de defensa de lo profundamente marginal. Por ello sus cuentos más audaces sólo se quedan en la denuncia de lo cursi y no llegan a la alabanza de lo marginal o de lo camp.

V. Más allá de las vegas del Ozama.

Los cuentos de José Alcántara Almánzar, aunque centrados muy específicamente en el contexto dominicano, son narraciones accesibles a cualquier lector hispanoparlante y coinciden, en estructura y en temática, con los de muchos autores contemporáneos del Caribe hispano. Por ejemplo, el mismo cambio en ambientación y personajes que se hace evidente en Alcántara y a través del cual se puede estudiar la evolución del cuento dominicano de las últimas décadas, lo hallamos también en la narrativa cubana de nuestros días y, muy particularmente, en la puertorriqueña. En las otras literaturas antillanas ese cambio también cumple la misma función significativa que en la dominicana. En el Caribe entero ya el campo no es el ámbito preferido, casi exclusivo, de la narrativa.

Hay casos boricuas y cubanos donde la presencia de la ciudad trasciende la mera referencia a lo urbano y se manifiesta en la lengua de los personajes y de las voces narradoras de sus cuentos. Esto es también evidente en los de Alcántara, aunque de manera muy tímida si se compara con lo que ocurre en la narrativa de Guillermo Cabrera Infante y Luis Rafael Sánchez, por ejemplo. En los cuentos de este autor dominicano hallamos de vez en cuando incrustados en el discurso de los personajes y hasta de la voz narradora ciertos anglicismos —*nice, spray, baby-shower*— que delatan el cambio social y cultural ocurrido en la clase media dominicana. En la República Dominicana, como en Puerto Rico en mayor medida, la precaria clase media tiene como norte económico y social a los Estados Unidos, y su discurso así lo refleja. Pero, más que el innegable y evidente dato social, lo que importa aquí es apuntar que, a pesar del relativo apego a las normas del cuento clásico, en la narrativa de Alcántara Almánzar, como en la de otros narradores caribeños, hallamos la ciudad presente en toda la obra, incluso en el lenguaje empleado en sus cuentos.

La experimentación con nuevas técnicas narrativas es otro de los rasgos que este cuentista dominicano comparte con otros del Caribe hispano. En este aspecto Alcántara es también más conservador que sus contemporáneos caribeños. Aunque hay cuentos donde se juega con distintos planos temporales y se emplean diversas voces narrativas, los cuentos de Alcántara se mantienen bastante cercanos a las normas clásicas del género. La marcada influencia de Cortázar, influencia reconocida por el mismo Alcántara, no lo lleva a experimentaciones muy aventuradas. El deseo de comunicarse con el lector es mucho más fuerte en este cuentista que la voluntad de innovaciones en la estructura de sus cuentos.

Cortázar está más presente en la cuentística de Alcántara en la incorporación de elementos fantásticos y en la exploración de una conciencia un tanto fatalista en los personajes que sirve como justificación de la trama, trama que adquiere, por ello, ciertos tonos absurdistas. Lo inesperado ("El zurdo"), lo incontrolable ("La obsesión de Eva"), la metamorfosis increíble ("La insólita Irene") son rasgos que están presentes en muchos de los cuentos del dominicano y demuestran su lectura detenida del maestro argentino.

Pero en Alcántara, como en muchos de los cuentos tardíos de Cortázar, esos rasgos desempeñan siempre una función extra-literaria: sirven para presentar una crítica social. El machismo es uno de los puntos de ataque frecuente en sus narraciones. Por ejemplo, en "La insólita Irene" la transformación de la mujer en una gran mariposa sirve para denunciar, aguda pero indirectamente, la dominación masculina de la mujer[10].

---

[10] Es la ausencia de una clara crítica moralista lo que hace de "La Reina y su secreto" un cuento tan distinto de los otros de Alcántara y lo acerca a la categoría estética de lo camp.

En sus cuentos se ataca el machismo desde distintos flancos, no sólo a través del empleo de lo fantástico. A veces la crítica al machismo no es tema central del cuento pero sorprende la frecuencia con que aparece en la narrativa de nuestro autor. En este sentido Alcántara también coincide con otros narradores caribeños. Pienso, por ejemplo, en "La muñeca menor" de Rosario Ferré o en "El lobo, el bosque y el hombre nuevo" de Senel Paz, cuentos donde esa crítica también cumple una función central.

Contrario a otros autores caribeños a Alcántara no lo tienta la historia ni la posibilidad de crear narraciones en un ámbito más allá de sus fronteras nacionales y expresamente caribeñas. Este es un rasgo que ha marcado a muchos cubanos y boricuas. Las visiones caribeñistas de Ana Lydia Vega o de Tomás López Ramírez, el historicismo —falso o verosímil— de Edgardo Rodríguez Juliá o Miguel Barnet no son temas que están presentes en los cuentos de este dominicano. En cambio, esas preocupaciones son centrales en sus textos de crítica literaria y en sus estudios sociológicos. Recordemos que Alcántara es sociólogo profesional y crítico literario que ha publicado varios libros importantes de estudios sobre temas dominicanos e hispanoamericanos. En esos libros Alcántara reconoce y destaca la producción literaria caribeña, particularmente la boricua. Pero de todas maneras, a un lector que conoce relativamente bien las letras contemporáneas de Cuba y Puerto Rico le sorprende la ausencia de estos temas en su cuentística.

Pero, sobre todas, sorprende una coincidencia mayor: tanto Alcántara como sus contemporáneos del resto del Caribe rompen con una visión localista de su creación artística. Las miras del cuentista dominicano y de sus contemporáneos caribeños van más allá de su mundo concreto, a pesar de todas las dificultades que tal ruptura representa en términos concretos. En principios estéticos —ya que no en realidades editoriales— Alcántara desea romper con los moldes nacionalistas pero sin negar nunca su identidad nacional concreta. En ese sentido es ejemplar una de las últimas páginas de "El zurdo" donde el autor parece presentar su canon literario a través del personaje. Este describe cómo la literatura fue su vía de escape y superación de sus circunstancias adversas:

> *Anduve por secos parajes mexicanos, convertido en el espectro de un hijo ilegítimo en busca de su padre. Fui objeto de persecución y maltrato por el incendio que un magnate, sin saberlo, había provocado en un cañaveral antillano, y escapé de la cárcel un día de Nochebuena para caer poco después acribillado por las balas de la guardia rural. Padecí el holocausto y el fuego; vi pasar trenes llevándose la inocencia de unas chicas que jugaban modelando estatuas y terminé en el centro de una gran ciudad del cono sur, en compañía de un ciego memorioso que me invitó a reinventar el mundo en paseos interminables. (p. 54)*

La lista de autores a los cuales alude el personaje-lector revela las intenciones estéticas del autor mismo, dato que queda confirmado en "La aventura del cuento",

texto donde Alcántara medita sobre su carrera literaria y sobre su concepto del género que cultiva con pre-
ferencia. En la enumeración de su personaje, que en
cierta medida es el alter-ego del autor, están Rulfo,
Borges y Cortázar pero también está, disfrutando de
igual posición privilegiada, Juan Bosch. Creo que esa
enumeración nos dice mucho de Alcántara y mucho
también de otros escritores y escritoras caribeños de
nuestro momento. Para él, como para sus contemporáneos antillanos, el objetivo estético último es alcanzar un lugar en el canon latinoamericano pero sin negar sus raíces y canonizándolas a la vez que se cano-
niza.

Desafortunadamente esa tarea es muy dura y un
artista dominicano, víctima de tan fuerte aislamiento
editorial, no la puede cumplir solo, sin el esfuerzo
colectivo de sus compañeros y de los amigos de las letras dominicanas en el extranjero. Pero todo esfuerzo
por romper ese invisible bloqueo es bienvenido. Y en
este caso el esfuerzo es además un placer artístico: así
lo prueba la lectura de los cuentos de José Alcántara
Almánzar.

Efraín Barradas
Boston, 1992.

Los hombres no viven sólo de verdades; también les hacen falta las mentiras: las que inventan libremente, no las que les imponen; las que se presentan como lo que son, no las contrabandeadas con el ropaje de la historia. La ficción enriquece su existencia, la completa, y, transitoriamente, los compensa de esa trágica condición que es la nuestra: la de desear y soñar siempre más de lo que podemos realmente alcanzar.

Mario Vargas Llosa

La
aventura
del
cuento

♦♦♦

I

Pocos escritores pueden decir con certeza por qué escriben. Sólo saben que es necesidad expresiva, búsqueda, tentación irresistible, experiencia única, obsesión que se les impone a pesar suyo con fuerza avasalladora, captando todos sus sentidos. El escritor ama las palabras, que son para él su instrumento de comunicación por excelencia y dedica su vida a crear mundos imaginarios, a jugar con palabras que provienen de su acervo cultural, de la colectividad en que ha crecido, de sus lecturas de otros escritores que antes o al mismo tiempo que él han hecho uso del lenguaje en todos los países e idiomas del planeta.

La narradora norteamericana Eudora Welty dijo en una oportunidad que "el cuento es un medio difícil y especial y, en contra de una superstición popular muy extendida, no tiene una fórmula que pueda aprenderse en un curso por correspondencia".[1] Esta observación, llena de fina ironía, intenta prevenirnos de los errores más divulgados sobre nuestro oficio, de la facilidad con que la gente cree que el cuentista engendra sus criaturas. Pienso que los cuentistas somos, ante todo, amantes de la síntesis. El cuento es como un chispazo que deslumbra, una pequeña gema que logra sobrecogernos con los destellos de su fulgor, un golpe certero a los sentimientos de los lectores, una aventura apasionante.

Los temas del cuento pueden ser infinitos. No vamos a su encuentro, sino que ellos vienen sin que los llamemos; nos persiguen con tenacidad, nos atrapan, nos desvelan. Se alojan en nuestro cerebro y empiezan a crecer hasta que decidimos deshacernos de ellos escribiéndolos. Después viene un momento crucial: dar forma a esa masa informe que gira en nuestra mente. A veces creemos que vamos a dominar la evolución de un tema, los hilos de una trama, pero un relato con frecuencia marca sus propios pasos y los personajes no siempre resultan figuras sumisas que se pliegan a la voluntad de su hacedor. Es algo misterioso y seductor a la vez que desafiante.

Para escribir un buen cuento se necesita, más que un buen tema, un conocimiento cabal del lenguaje y las técnicas. Lenguaje y técnica apoyan al escritor

---

[1] *Una cortina de follaje y otros relatos.* Barcelona: Editorial Anagrama, 1982, p. 16.

en su faena, pero no deben convertirse en un programa, ni en un esquema preconcebido, ni en una camisa de fuerza. La técnica debe siempre sostener, nunca impedir. El lenguaje es ante todo un medio, no un fin en sí mismo. Cuando podemos manejar los problemas de la composición —lo cual no significa dominio absoluto—, dejamos entonces fluir lo que llevamos adentro y se produce el prodigio de la creación literaria. Todo esto implica que sabemos cómo resolver los problemas de la sintaxis, la estructura, el punto de vista, los diálogos y monólogos, las dificultades con los personajes, los detalles que podemos resaltar u omitir en la descripción y la narración.

Un libro de cuentos es una proeza de la imaginación, una lucha constante contra las digresiones que debilitan el relato. Densidad, concentración, coherencia, intensidad son las palabras que sirven para expresar la dinámica interna del cuento y su resultado final. Si es bueno logrará atraparnos en sus redes de principio a fin; si no lo es, dejaremos el texto en seguida, aburridos o desilusionados.

Un libro de cuentos también es, en la sociedad dominicana, un triunfo de la voluntad creadora, una victoria ganada al pavoroso reto de la página en blanco, a la rutina de la vida cotidiana, a los obstáculos que entorpecen la labor creativa en todas sus dimensiones. El escritor dominicano batalla contra la indiferencia del ambiente. Escribe en silencio sin esperar mucho, con la secreta alegría de alcanzar su cometido y poner su libro, una vez publicado, en manos del público que desee acogerlo. Escribimos a pesar de los tropiezos, la crisis que nos agobia, y el desaliento que a ratos nos invade. Escribimos porque no podemos ni queremos evitarlo, para conocer y conocernos, para descubrir los secretos del mundo circundante y sorprendernos de nuestros propios hallazgos.

II

El cuento es el poema de la narrativa. Toda la experiencia humana puede rotar en él como en un giroscopio minúsculo, multiplicarse a golpe de ritmo certero, o ser transformada mediante un proceso de inusitada densidad.

Muchos son los caminos que llevan al cuento. He tratado de recorrerlos todos, solo o en compañía de otros, guiado por maestros que conocen bien su oficio, internándome en la espesura de una selva enmarañada, siempre buscando luz en medio de las sombras. Después de mucho andar, siento que a cada paso surgen nuevos caminos que se reproducen como un poliedro en un cuarto lleno de espejos. Se abren cada día rutas desconocidas que me hacen sospechar que nunca podré agotarlas todas porque son infinitas.

Parto de experiencias muy hondas y realidades concretas, y con ellas invento microcosmos a través de la palabra. La realidad sólo me interesa como punto de partida, no tanto como puerto de llegada. De ahí mi afición a la fantasía. Creo que la imaginación se nutre de la vida, alimentada por fuerzas subconscientes, fobias, delirios, fijaciones, desmesuras, goces efímeros o perdurables, desgarramientos o esperanzas que emergen de mi interior y se convierten en los personajes y las cosas que pueblan mis historias.

No siempre sé lo que va a ocurrir en mis cuentos. Me gusta que me sorprendan los acontecimientos, asistir a los azares de una fiesta que comienza con la palabra y termina con la palabra. Me someto a la lógica del relato, aunque la misma contradiga mi deseo de provocar un efecto sorprendente. Desdeño los trucos, porque no son eficaces ni duraderos y el lector se siente engañado cuando los descubre. No quiero llevar a mis personajes a un lugar determinado, como si fuera un férreo dictador que sabe hacia dónde se dirige y conoce perfectamente el destino de sus criaturas, con la rotunda e infalible sabiduría de los seres omnipotentes. Prefiero aventurarme con los personajes, padecer sus dolores y gozar sus placeres.

Hoy tampoco busco los finales sorpresivos, aunque no los evito si convienen a la dinámica del cuento. Si éste lo requiere, el final sorpresa puede ser funcional y regocijante. No quiero llevar mensajes al lector, ni proclamar, recomendar, analizar o significar nada. No intento cambiar el mundo, ni busco soluciones que no sean otras que las del propio relato. Sólo aspiro a que el lector, al enfrentarse con un cuento mío, reconozca parte de su experiencia y la disfrute, o pueda participar de la mía, o se identifique con mis personajes y viva con ellos la aventura de la ficción.

Respeto al lector y por eso trato de entregarle textos "potables", aunque estén contaminados de vivencias escandalosas, o sea, textos depurados en los cuales el lenguaje juega un papel primordial. Ante la página en blanco me despojo de cuanto llevo, poniendo al desnudo, de modo impúdico, esa parte intangible pero poderosamente viva, que el escritor, todo escritor, intenta comunicar.

III

Al preparar esta antología de mis cuentos publicados hasta el presente, he considerado oportuno ofrecer al lector no sólo algunos de mis conceptos sobre este fascinante campo de la narrativa, sino también unas breves explicaciones acerca de los cinco libros aquí antologados. Como no debo entrar en consideraciones críticas por razones obvias, me limitaré a la génesis y circunstancias que acompañaron la publicación de esas obras, dejando esa delicada tarea en manos del notable crítico literario puertorriqueño Efraín Barradas.

Viaje al otro mundo, mi primer libro de cuentos, fue publicado en 1973. Es una obra en la que confluyen aspectos autobiográficos con materiales diversos que fueron trabajados no como una sola unidad, sino como textos aislados. Algunos recogen las experiencias de la insurrección de abril de 1965, año capital de la historia dominicana contemporánea. Cuando estalló la guerra civil yo cursaba el último nivel del bachillerato. Para mí fue una vivencia desgarradora, pues mi casa quedó en medio del cinturón que habían impuesto las fuerzas de ocupación en la ciudad. Las alambradas me separaban de muchos amigos, de mi centro de trabajo (comencé a trabajar a los dieciséis años), de lugares que, como la zona colonial de la ciudad, conocía y amaba. Para mí la guerra no fue sólo la insurgencia del pueblo oprimido contra un gobierno de facto. La considero también como el más significativo enfrentamiento de clases sociales en las últimas décadas. La ocupación militar norteamericana descabezó el movimiento popular. Por eso mis textos sobre la guerra dan la sensación de asfixia; es decir, la imposición de fuerzas inmensamente superiores que aplastaron el intento de recuperar la práctica democrática que habíamos instaurado brevemente en 1963.

Viaje al otro mundo, libro de cuentos de un narrador primerizo, reúne las virtudes y defectos de toda obra inicial. Los nuevos narradores dominicanos queríamos y debíamos ser distintos al gran maestro del género en la República Dominicana, Juan Bosch, cuya obra ha sido reconocida como uno de los pilares del cuento en Hispanoamérica. En mi primer libro se pueden detectar fácilmente las influencias y el acopio de técnicas literarias que ensayé en los doce textos que integran el libro. Había aprovechado las enseñanzas de Edgar Allan Poe, Oscar Wilde y Antón Chejov, pero sus huellas no pueden percibirse en mis escritos. Más evidentes resultan los ecos del experimentalismo de James Joyce o William Faulkner, la atmósfera opresiva de Franz Kafka, la objetividad de Ernest Hemingway, la fantasía de Borges o las pequeñas tragedias cotidianas de una clase media que guarda algún parentesco con la pequeña burguesía de Mario Benedetti. Pero sobre todo la influencia dominante y obvia era la de Julio Cortázar, un escritor que me había impresionado en la adolescencia.

IV

Callejón sin salida (1975), mi segundo libro de cuentos, evidencia, igual que el anterior, la influencia cortazariana en mi narrativa. De Cortázar adquirí la tendencia a escamotearle al lector la solución de las historias, o a presentarla al principio. También de él —y, por supuesto, de Borges, un ilustre antecedente— heredé la afición por lo fantástico, uno de los campos más difíciles de la narrativa universal. Algunos de los cuentos de *Callejón sin salida* podrían ubicarse en esta vertiente de mi obra.

Al llegar a *Testimonios y profanaciones* (1978), mi tercer libro de cuentos, tenía ante mí dos desafíos: liberarme de la influencia cortazariana y escribir textos con soluciones formales diferentes de las que había practicado antes. Un lento proceso de maduración me ayudó a encontrar el primer objetivo. El segundo sólo se alcanza a través de la práctica. Uno debe preguntarse a cada momento qué caminos tomar, qué hacer para sacarles el mejor partido al lenguaje y las técnicas.

Testimonios y profanaciones está compuesto por seis textos largos y seis breves. Estos últimos forman una serie numerada y versan sobre la violencia política que dominó la vida nacional durante la década de los setenta. Por la estructura y la temática de los textos breves, *Testimonios y profanaciones* recuerda el libro *Así en la paz como en la guerra* (1960), de Guillermo Cabrera Infante, pero las unidades integradas en mi libro se refieren a un momento muy específico del proceso político dominicano y, claro está, tienen su propia caracterización lingüística y sociocultural. Las coincidencias entre ambos libros son el resultado de la similitud entre las distintas instancias políticas de los países latinoamericanos bajo regímenes dictatoriales.

En ese libro titulado *Testimonios y profanaciones,* la objetividad aparente de cuadros breves, crudos y lacerantes, se intercala con la subjetividad rabiosa de los cuentos largos, en los que predomina el humor negro, el submundo de borrachos y prostitutas de la capital dominicana, los nuevos ricos y sus estilos de vida, y las desgarradoras vivencias de unos personajes que luchan por no dejarse aplastar por las circunstancias.

Con *Testimonios y profanaciones* concluye, a mi entender, la primera fase de mi trabajo como cuentista. En mis primeros tres libros llevé la experimentación a niveles bastante complejos, sin caer en la incomunicación con el lector, sin descuidar en absoluto la exploración de mi mundo circundante y de mi propio yo en cada aventura narrativa.

Paralelamente a mi oficio de narrador, he intentado desarrollar un trabajo sistemático como sociólogo de la literatura y crítico literario. Fruto de esos esfuerzos son los libros *Antología de la literatura dominicana* (1972), *Estudios de poesía dominicana* (1979), obra que requirió varios años de labor constante, *Imágenes de Héctor Incháustegui Cabral* (1980), que es una antología sobre ese importante poeta dominicano, y *Narrativa y sociedad en Hispanoamérica* (1984), en el que recojo diversos ensayos sobre el cuento y la novela de la República Dominicana y del resto de nuestra América, con énfasis en algunas figuras del *boom* latinoamericano y sus antecedentes: José Lezama Lima, Gabriel García Márquez, Carlos Fuentes, Manuel Puig, Mario Vargas Llosa y Luis Rafael Sánchez. Por último, a fines de 1990 fue publicado mi libro de ensayos *Los escritores dominicanos y la cultura.*

V

Al llegar a mi cuarto libro de cuentos, *Las máscaras de la seducción* (1983), tenía ya plena conciencia de que, en el caso del cuentista, los problemas de su trabajo son ciertamente difíciles. Con este libro pude comprobarlo en la escritura de cada texto. A través de *Las máscaras de la seducción* buceo en el interior de los personajes, a menudo por intercesión de un narrador-personaje. Llegó a su punto culminante la confusión de algunos lectores respecto al escritor José Alcántara Almánzar y el narrador de sus cuentos, y muchas veces, entre el escritor de carne y hueso y sus personajes, inventos de la ficción. Más de una vez, conocidos y amigos han tratado de descubrirme en mis relatos: ¿dónde me escondo yo?, ¿cuáles, de todas las experiencias que cuento, son las mías?, ¿qué vivencias he tenido exactamente y cuáles he inventado? Valdría la pena recordar a Faulkner, para quien "un escritor necesita tres cosas: experiencia, observación e imaginación. Cualesquiera dos de ellas, y a veces una puede suplir la falta de las otras".[2] El escritor tampoco tiene un dominio absoluto, racional, de lo que hace. Por eso en la obra de todos los escritores hay cosas que nunca se propusieron decir conscientemente.

Es innegable que un escritor no puede contar sobre lo que no conoce. En este sentido, yo estoy de cuerpo entero en todos mis cuentos. Yo soy y no soy mis personajes: asumo y a la vez niego sus propias realidades. La experiencia tiene que ser de algún tipo —vivida u oída, leída o imaginada como la de Borges, o deseada como la de todos—, pero hay una distancia entre la realidad real y lo que uno escribe. La realidad de la vida diaria es una cosa; la de la literatura es otra. La literatura es ficción, realidad inventada con elementos de la realidad real. Toda esta problemática está presente en *Las máscaras de la seducción,* obra que recoge las múltiples expresiones de la máscara y los oscuros laberintos de la seducción, la nocturnidad, el desenfreno, la simulación, el aislamiento, el acoso, el rechazo, la enajenación y el deseo.

Llegado a este punto de mi obra narrativa comprendí perfectamente la necesidad de la ficción en la vida. Como afirma Vargas Llosa en un libro reciente: "Sueño lúcido, fantasía encarnada, la ficción nos completa, a nosotros, seres mutilados a quienes ha sido impuesta la atroz dicotomía de tener una sola vida y los deseos y fantasías de desear mil. Ese espacio entre nuestra vida real y los deseos y fantasías que le

---

[2] *El oficio de escritor.* México: Ediciones Era, 1982, p. 178.

exigen ser más rica y diversa es el que ocupan las ficciones".[3]

La carne estremecida (1989), último de mis libros de cuentos hasta el presente, es el resultado de un inevitable proceso creativo. Empecé a escribir el libro mientras me encontraba en los Estados Unidos como profesor residente en una universidad del Sur, y lo terminé en Santo Domingo, meses después de mi retorno en 1988. Estando en una pequeña ciudad de Alabama, lejos de mi familia, amigos y compañeros de trabajo, sentía que mis raíces en la República Dominicana eran muy profundas, y por eso todos los cuentos del libro se refieren a realidades dominicanas que están sembradas en mí y me acompañan adondequiera que voy. No me propuse escribir sobre esto o aquello. Los temas surgieron espontáneamente, acosándome día y noche hasta encontrar su forma adecuada. Si la fantasía y el absurdo sirvieron para canalizar ciertas preocupaciones es porque en este difícil presente ellos se prestan muy bien para reflejar los contrasentidos de nuestra vida cotidiana.

Hace tiempo que empecé a olvidar *La carne estremecida* y los libros precedentes. No es bueno que nos encariñemos con lo que ya no nos pertenece. Ahora sólo quiero seguir intentando y explorando, en busca de nuevos caminos.

---

[3] *La verdad de las mentiras.* Barcelona: Editorial Seix Barral, S.A., 1990, p. 11.

El
zurdo

♦♦♦

De todos los amargos recuerdos de la infancia hay
uno que se impone, como ahora, en los momentos
cruciales. Es el tuyo, Rosario —corpulenta y testaru-
da, inflexible guardiana del hogar y las costumbres—,
agarrándome la mano izquierda para forzarme a comer con la derecha, y yo gritando y pateando, sucio
de lágrimas y caldo tibio, con la camiseta salpicada de
fideos, el pantalón mojado, una rabia ciega que me
ponía lívido, unas ganas terribles de quitarme de encima tu cuerpo de lapa sofocante y el deseo no satisfecho de inmovilizar tus manoplas, que me abofetea-
ban sin compasión hasta llenarme de moretones y hacerme sangrar.

Del libro: *La carne estremecida* (1989).

Es la noción más remota que conservo de mi desgracia personal, porque yo, a decir verdad, ignoro cuándo comenzó a gestarse en mí la inclinación a preferir esta mano inefable para explorar el mundo circundante, manipular objetos, conocer sus tamaños y formas, abrirme camino en el complicado ámbito de los seres y las cosas. Es probable que al principio, igual que muchos, usara las dos manos indistintamente. Sin embargo, lo desconozco. Trato en vano de hallar el origen de mi orientación y lo que aflora es tu arrolladora humanidad, con la cara satánica y los ojos prendidos en candela, obligándome a tomar la sopa con la derecha, en tu firme determinación de hacer de mí un muchacho correcto, que pudiera escribir como Dios manda, comer en público sin pasar vergüenza y evitar que la gente se burlara al verme maniobrar en sentido equivocado. Te habías propuesto llevarme al redil de los diestros para ofrecerle tu trofeo a papá en prueba de lealtad servil y lo único que conseguiste fue acentuar mi tendencia contraria e instigarme un odio feroz y prolongado. Durante años no supe cuál de las dos —la sopa o tú— me producía más aversión. Esta noche, en cambio, al verte tendida e indefensa, sin respiración, me das pena y me arrepiento de lo que hice. Aunque no lo creas, sufro por ti y dreno mis recuerdos en busca de alivio, mientras los ecos del concierto que escuché hace apenas unas horas se convierten en mi única compañía verdadera.

Mamá había muerto cuando yo tenía cinco años, y papá, pienso que más por comodidad que por cariño, al año siguiente te buscó y te trajo a casa un día lluvioso en que, como ya era habitual, me había dejado solo con la niñera. Entonces no capté la desfachatez irremisible con que me dijo:

—Esta es Rosario, tu nueva mamá a partir de hoy.

Tú me levantaste, trataste de abrazarme y yo me puse a llorar, tembloroso y confuso ante una flamante tutora, sorpresiva e indeseada, distinta por completo a la madre que conocí y amé. Mamá era alta, delgada, de manos suaves que al acariciar infundían seguridad. Después de un año sin verla ni saber adónde la habían llevado, papá me la devolvía convertida en un mujerón rollizo de ademanes bruscos que no inspiraban confianza. Al verme reaccionar así no intentaste conquistar mi corazón de niño asustado ni calmar mi llanto. Me dejaste en el sofá, con el desdén con que se abandona en cualquier sitio un muñeco de peluche resobado, papá y tú me dieron la espalda y, tomados del brazo, caminaron hasta la habitación donde antes no había pisado otra mujer que mamá.

Agravaste mi soledad al interponerte entre papá y yo, impidiendo nuestros contactos en esos minutos de camaradería juguetona cuando él regresaba de la oficina. Impusiste tu férrea disciplina, articulada en torno a una mecánica de hábitos de higiene, comidas y descansos que pronto me convirtieron en tu soldado de plomo, en un robot que se levantaba a la primera voz de su operadora, que aprendió a lavarse y vestirse en cuestión de segundos para desayunar temprano y recibir el programa del día.

Te agradezco la organización que me enseñaste; no así tu rigidez militar. Mis alimentos cotidianos fueron la norma y el tiempo. En esta casa donde nací y me crié, cautivo entre cuatro paredes, sin poder quejarme, fui galeote esforzado, autómata por conveniencia, preso de confianza que guerreó por no doblegarse o parecer sumiso o cobarde. El maltrato cebaba mi rebeldía y capacidad de resistencia, dándome el valor que exigían las circunstancias para no sucumbir a tus golpes. El desamor me ayudaba a crecer independiente, valiéndome de la astucia para enfrentar tus castigos y la cachaza de un padre desalmado a quien le daba un pito lo que hicieras conmigo.

— ¡No puedes negar que eres un tauro, cojollo! —ladrabas, fervorosa creyente del horóscopo, cuando me exigías que agarrase la cuchara con la derecha.

Todo eso terminó, Rosario. Ya no volveré a padecer tus gritos destemplados ordenándome hacer cosas, humillándome en público y en privado. Tú seguirás ahí, pálida, fría, con los ojos abiertos y vidriosos, las pestañas duras apuntando al cielo raso, hasta que alguien, tal vez papá, que agoniza su borrachera de hoy roncando en una cama, te ponga la mortaja. Aún tengo tu sangre pegada en mi mano. No he corrido a lavarla como hubiera hecho en otras circunstancias: ella me pone en contacto con la vida que acabas de perder.

Tu encarnizada lucha disciplinaria duró no sé cuánto tiempo. Sólo sé que mientras me viste resistir y combatirte, violando el patrón de conducta que habías diseñado para mí, no cejaste en tu empeño, no diste a torcer tu voluntad de piedra. En algunas ocasiones buscaste convencerme con palabras melindrosas que no enmascaraban lo suficiente tu indignación contenida, y en otras —por desgracia la mayoría— alzabas el puño amenazando con reventarme a trompones si no accedía a cumplir tus compulsivos encargos.

Tampoco podría decir con exactitud cuándo empecé a defenderme torpemente con la diestra para evitar tus flagelaciones y regaños. Cambié de táctica para sobrevivir, procurando complacerte aunque manteniendo en secreto mi orientación esencial. La derecha vino a ser mi mano pública y más débil, la de los saludos y adioses, las reverencias corteses, la de abrir y cerrar puertas. La izquierda, que no necesitaba de instrucciones, se mantuvo activa y fuerte. Con ella me protegía del castigo o atacaba, comía, cepillaba mis dientes, me enjabonaba y peinaba. Hasta los catorce años duró el suplicio de la mesa, que me empujaba a rechazar la comida o tragarla a disgusto, derramándola sobre manteles que tú te esforzabas en preservar inmaculados.

— ¡Cochino! ¿No te da vergüenza? —aullabas, dando un puñetazo en la mesa.

A papá le tenía sin cuidado lo que me ocurriera. Dudo que le diese importancia al asunto ni se percatara de la magnitud de mi sufrimiento. Llegaba muy tarde, borracho, y te insultaba a la menor contrariedad. Las peleas se iniciaban en el comedor y terminaban en la cama. Era la hora de mi desquite. Yo esperaba cobrarme tus machacones en la zurra que papá te propinaría con el garrote de sus puños, pero estaba ebrio y tú solías hallar el modo de ablandarlo. Me quedaba detrás de la puerta, oyendo los chillidos provocados por la furia pasajera de aquel oficinista sin porvenir.

Al rato se producía un silencio extraño, más tarde él y tú empezaban a retozar y reír como si nada hubiera ocurrido y yo, perplejo, iba a mi cuarto y me dormía después de dar muchas vueltas en la cama.

Una noche en que pasó lo de siempre entré al aposento sin llamar. No olvidaré mientras viva la imagen de papá, desnudo, picando como un tábano la mole de tu carne excitada, ni olvidaré tu cara de placer, inmensa Rosario, tú, que ajena a mi presencia en el cuarto permanecías igual que un rumiante lustroso y saludable, disfrutando del cuerpo que te cubría. Estabas como ahora, boca arriba, echada sobre tu caparazón, sin decir nada, excepto que la vida te brotaba por los ojos, había en ellos un fulgor de apetito voraz, muy diferente a la expresión glacial y estática con que miras sin mirar desde tu último vagido.

Esperaba que en la escuela se aliviaran por unas horas diarias mis tormentos contigo, Rosario. Me gustaron el local espacioso con su patio de columpios y subibajas a la sombra de las amapolas florecidas y las aulas donde pensé que haría muchos amigos. La maestra no hizo sino prolongar el martirio de esta casa forzándome a escribir y recortar con la derecha, al principio en un tono casi amable que proclamaba en voz alta los desastres de unas tijeras manejadas con la zurda, luego por medio de gestos impacientes y al final con exclamaciones de incredulidad y desaprobación.

Eran tiempos rígidos, lo sé. Vivía en una especie de cepo, sin poder moverme ni dar rienda suelta a mi imaginación. Pronto comprendí que no tenía sentido

ofuscarme con una terca desviación que sólo me pro-
curaba castigos y la mofa de mis compañeros. Pero el
impulso era más fuerte que mis razonadas conclusio-
nes y así siguió profundizándose mi confusión, un
poco en volandas, escindido entre dos manos autóno-
mas que me colocaban en una encrucijada y me hacían titubear, dos polos contrarios que tenían vida
propia y eran tan desafiantes como el fuego cruzado
entre la casa y la escuela.

Aprendí a escribir y dibujar según los requerimien-
tos de mis maestras no más para evitar sus ojerizas y
reprimendas constantes, por pavor a convertirme en el
ridículo de la clase. Creo que fue bastante lo que logré, luchando contra mí mismo, suprimiendo la espontaneidad, pagando mi rendición parcial con una
tartamudez que surgió de improviso y trabucó mi lengua haciéndola estropajosa e ininteligible. Llegué a
conseguir una letra más que aceptable, aunque la mejor caligrafía, los dibujos más hermosos salían de mi
mano proscrita, aquella mano prohibida que al com-
pararla con la otra no me parecía distinta ni inferior.
Al ponerlas juntas me lucían semejantes mas no idén-
ticas. Casi iguales por el tamaño alargado de los dedos, aventureros y soñadores, a primera vista demasiado frágiles para el trabajo manual, y por la morenez
de la piel: un terreno de trazos y pliegues oscuros
que cubren los infinitos nervios que les dan agilidad y
posibilidades motoras inconcebibles. Diferentes por
las llamadas líneas de la vida, el amor y la fortuna,
que en cada palma buscan su propio sendero, mucho
más largo y profundo en la izquierda que en la dere-

cha; por las uñas duras de oblonga superficie, por la fuerza desigual y la capacidad de inventiva.

Sufría el estigma de ser zurdo en un mundo derecho al que todo le sale torcido, un mundo chueco que exige rectitud, un medio cruel que nos aplasta y espera bondades incondicionales, lleno de gente que todavía ve en la siniestra un símbolo demoníaco, la representación del pecado. Desde entonces, cada cierto tiempo, sufro dolores en el cuello que me inhabilitan durante días. Es la respuesta de mi cuerpo a esas fuerzas que tiran de mí a diestra y siniestra sin darme tregua. Es un nudo que se inicia con ligeras molestias y punzadas que van endureciendo los músculos a medida que transcurren las horas, ganando los hombros y la espalda, causando fiebres que me dejan sin ánimo. El cuello, convertido en un espinoso nudo gordiano, tieso y quebradizo a la vez, rige mis movimientos. Sólo puedo caminar mirando hacia adelante, como una figura de cristal, inarticulada y vulnerable, aguantándome el dolor, deseando una almohada mullida para apoyar la cabeza y olvidarme de cuanto me rodea.

En la intermedia nació mi fama de peleón y de bravo. A la salida de clases siempre tenía un pleito, y me emburujaba con cualquiera de los carajotes del curso que no encontraban otra diversión que burlarse de mí con insultos que me ponían a hervir la sangre y activaban mi mano defensora.

— ¡Gago, lengua de trapo! —gritaba el más tiguerón de la clase—. ¡Aprende a hablar!

Seguía mi camino con los libros bajo el brazo, repitiéndome que no valía la pena hacerle caso a ese idiota, mientras mis orejas reventaban como granadas y mi zurda temblaba de ira.

— ¡Lo suldo se cagan la mano! —exclamaba otro baboso, cuya principal virtud consistía en haber nacido en un barrio de guapos de la capital.

Envalentonados por mi silencio, ambos reían, vociferaban sus groserías en la calle y me tiraban piedrecitas. Sin poder aguantar más dejaba los libros en la acera y me lanzaba sobre ellos. Rodábamos por el suelo los tres, en una trabazón furiosa, dándonos coces y trompadas, mordiéndonos, quitándonos la rabia bajo aquel solazo embravecido de mediodía. Les hacía tragar los ultrajes con mi mano poderosa y no dejaba de golpearlos hasta que pedían perdón. Aquellas frases hicieron su efecto. A partir de entonces no resisto la suciedad ni el caos. Mantengo mi cuarto ordenado y limpio y lavo mis manos muchas veces al día, creyendo que están sucias aunque no lo estén, acosado por aquellas palabras malignas que siguen percutiendo en mi cabeza.

Al llegar aquí me escondía para que tú no pudieras ver en mi ropa y mi cara las señales de los pleitos. Tú, astuto globo, te las arreglabas para descubrirme y cobrarte la paliza que papá te había dado la noche anterior. Ya no tendrás que hacerlo más. Hoy he resuelto, sin proponérmelo, las pugnas de nuestro pequeño infierno. Por fin he vencido mis taras de años, Rosario; esta noche he realizado tu viejo sueño, por el que tanto afanaste y me hiciste padecer.

— ¡Buen manganzón! —gritabas al verme—. ¿Para eso me fajo a lavarte?

Nos mirábamos: tú, colérica, echando espuma por la boca, con ganas de entrarme a pescozones; yo, erguido y atento, chillándote con los ojos: "ven, atrévete"; tú mordiéndote los labios, indecisa, estrujando el delantal con tus manos nerviosas porque sabías que ya no era un niño indefenso. Después de un momento de incertidumbre dabas media vuelta y te ibas mascullando un último agravio. Desde el comedor, ya fuera de mi alcance y sabiendo el efecto que tus palabras me causarían, voceabas:

— ¡Tu sopa está en la mesa, tajalán!

La soberbia daba a mi zurda una violencia que no podía contener. Era una fuerza destructiva que la hacía agitarse, golpear las paredes, arrojar al suelo las porcelanas que encontraba a mi paso. Me asustaba la idea de una extremidad autónoma, rebelde, que actuara por cuenta propia sin acatar mis mandatos. Pero también era un modo de desahogar la cólera que mi lengua obtusa nunca hubiera podido expresar.

Hubo épocas en que estuve a punto de perder mi identidad. Ya casi nadie me llamaba por mi nombre, sino por un mote ofensivo. En la escuela era el "zurdo torpe", el "bueno-para-nada", "el gago-abeja-de-piedra". Tú me calificabas de "bellaco" y "maleante" y te quejabas con papá de las cosas del "zángano" de tu hijo, el "tunante" de tu hijo. Sé que hubieras querido arrancarme la lengua para no oír mi habla defectuosa y desquiciante, mis frases lerdas que parecían arrastradas por una grúa, cortarme la mano inservible que sólo resultaba buena para pelear. Aprendí a resistir y a no quejarme. En las noches me encerraba en el cuarto y lloraba en silencio, bebiéndome las lágrimas que bajaban a mis labios resecos, con la lengua en reposo, a salvo de la burla colectiva, con las manos juntas sobre el pecho, reconciliadas al fin, dos mellizas pendencieras que deponían las discordias de la jornada para trabarse en un apretón afectuoso y necesario.

Mi adolescencia transcurrió despacio, entre escarnios y soledades, burlado por unos e incomprendido por todos. Meses y años en que se repetían los agudos dolores del cuello, que yo calmaba con analgésicos y relajantes, escuchando música y leyendo. Me convertí en un anacoreta, rechacé el contacto de los demás por temor al sarcasmo, busqué asilo en mi habitación, donde dibujaba y leía sin preocuparme del acontecer callejero, sin tener que avergonzarme de mi ineptitud. Comenzó así una apasionada afición por libros que absorbían horas de mi tiempo, llevándome a otros espacios y realidades en páginas apretadas, hablándome de mil y una noches fabulosas, contándome aventuras increíbles de exploradores y enamorados, cazadores heridos en la cumbre nevada de un macizo africano, rudos boxeadores que se ganaban la vida quebrándose la nariz en los cuadriláteros. Me convertí, sucesivamente, en fantasma dublinés, gigante egoísta, espectador que asistía maravillado al cumpleaños de una infanta. En regiones ignotas busqué escarabajos de oro, resolví complicados problemas de lógica hasta dar con el autor de unos crímenes horrendos. Me estremecieron los misteriosos anocheceres de cementerios donde había fosas violadas y enterrados vivos. Fui vengador ru-

so a mi manera, probando en una tienda revólveres que no compraría, y con humor y gracia desempeñé papeles de burócrata, policía y funcionario del imperio zarista. Navegué a la deriva en un peligroso río, muerto de sed, con el veneno de una víbora agarrotándome una pierna. Anduve por secos parajes mexicanos, convertido en el espectro de un hijo ilegítimo en busca de su padre. Fui objeto de persecución y maltrato por el incendio que un magnate, sin saberlo, había provocado en un cañaveral antillano, y escapé de la cárcel un día de Nochebuena para caer poco después acribillado por las balas de la guardia rural. Padecí el holocausto y el fuego; vi pasar trenes llevándose la inocencia de unas chicas que jugaban modelando estatuas y terminé en el centro de una gran ciudad del cono sur, en compañía de un ciego memorioso que me invitó a reinventar el mundo en paseos interminables.

Tú no comprendías nada de eso, Rosario, como no pudiste entender mi satisfacción, esta noche, al regresar de Bellas Artes. Había ido lleno de expectativas, buscando, más que razones, un nuevo modo de conocimiento y aceptación personal. El Palacio se llenó en cuestión de minutos y fue difícil, entre tantos susurros e interferencias, dar inicio a la función. Por suerte llegué temprano y encontré asiento en una de las primeras filas. Después de la obertura entraron a escena el director —un sudamericano bajito de gestos imperativos— y el pianista, alto, calvo, esbozando una sonrisa con que trataba de desvanecer sus propias aprensiones. A los aplausos siguió una romanza de

toses y carrasperas. Ya sentado en la banqueta, listo
para tocar, el pianista miró al director. Cerré los ojos,
con inquietud y devoción por el estreno que iba a presenciar. Esperé. La música estaba suspendida en las
manos del director. Se prolongaba el fastidioso coro
de toses y susurros, el tableteo de sillas metálicas que
en el fondo del balcón acomodaban a los que no tenían donde sentarse. Abrí los ojos. El director, varias
veces, levantó las manos y volvió a bajarlas, todavía
indeciso y bastante incómodo. Buscaba el silencio imprescindible, la concentración que le negaba el desordenado auditorio y sin la cual todo se vendría abajo.
Fue una pausa desesperante en su brevedad. Por último, lanzó al público una mirada de fulminante auto-
ridad y en el precario silencio que se produjo comenzó el concierto. El pianista tenía la mano derecha en
reposo sobre su pierna; yo sonreí, complacido de ver
inactiva la mano triunfadora en todo el planeta. Cerré
los ojos de nuevo, ansioso de penetrar en los enigmas
de la música, con los oídos atentos, pensando que nada podría cortar la comunicación entre los intérpretes
y yo, pero tu imagen me perturbaba, Rosario, tus reproches y tus sopas me impedían gozar a plenitud.
Cuando sonaron las primeras notas en el piano sentí
un júbilo inexplicable de ser zurdo, inflado por las
maravillas de la diestra zurda que se desplazaba, po-
tente y ágil, sobre el teclado, una mano que parecía
muchas en aquel increíble torrente de notas. Casi no
podía creer que aquello fuera posible. Entreabría los
ojos y observaba por unos segundos la mano del pianista saltando sobre las teclas, transformada por la

velocidad en varias manos que surgían de un solo brazo, creando una simultánea ilusión óptica y sonora.
Los dedos de mi zurda también se movían, furtivamente, libres y confiados, sobre el brazo de la butaca,
reproduciendo mi exaltación interior, mientras lloraba emocionado, orgulloso, indiferente al público que
no hubiera podido comprender jamás el motivo de
mis lágrimas. Pasé todo el concierto en vilo, con el
corazón agitado y un nudo en la garganta, redimido
por la música de Ravel.

Cuando terminó el concierto, aún en medio de los
aplausos, no pude resistir la tentación de ir a pedirle
su autógrafo al solista. Me consideraba testigo privilegiado de la proeza que él acababa de ejecutar. Me deslicé hacia los camerinos, donde cruzaban músicos y
curiosos y algunos cazadores de autógrafos igual que
yo, que burlaban la vigilancia de los porteros. Había
un gentío y se oían saludos y congratulaciones mezclados con risas de amigos y admiradores del pianista,
que se imponía por su tamaño y su vozarrón. No habían podido esperar el final de la noche para aclamar-
lo en privado. Me quedé fuera del camerino, con el
programa en un bolsillo del saco, temeroso, sin atre-
verme a dar un paso. Poco después el solista salió y
cruzó junto a mí, riendo y hablando, escoltado por
el enjambre que lo seguía con ramos de flores y comentarios triviales.

Salí del Palacio de Bellas Artes antes de que comenzara la segunda parte del concierto, poseído por
la música que una sola mano, precisamente la izquierda, acababa de producir. Vine a pie, disfrutando

de la noche clara y tibia, del aroma de ilang ilang de los jardines de Gazcue, abstraído, inmerso totalmente en una vivencia que no podré olvidar.

Tenía hambre y al llegar aquí, sin hacer ruido, busqué algo de comer. Pensé que papá y tú estarían ya dormidos. Las luces estaban apagadas, se oían los latidos del reloj de péndulo, el ronquido de la nevera en la cocina. Estaba transgrediendo una de tus normas principales y debí suponer que eras capaz de esperarme despierta y agredirme por un refresco, pan y un trozo de queso que acababa de cortar. Casi me aturdiste con los primeros golpes en la cabeza y la espalda. Traté de detenerte, de impedir que continuaras un ataque que no probaba nada, excepto tu ofuscación y tu disgusto. Iba a decirte que estoy harto de peleas y que pienso mudarme pronto. Sabes bien que luché por no hacerte daño, Rosario. Últimamente me das más pena que rabia, estoy cansado de este tedioso juego de la gata y el ratón. Por eso te agarré las manos. Tú blasfemabas igual que siempre, ciega de ira. Yo, por mi parte, no podía oírte, seguía sumergido en la música de Ravel. Forcejeamos, pudiste zafarte y me golpeaste de nuevo con un palo, transfigurada por el encono. La sangre me corría por la cara, nublándome la vista. Te pedí que te calmaras, no con mi habla estropajosa y lenta, sino con frases muy claras y fluidas que salían de mis labios sorprendiéndome. Me agarraba de ti para no caer y entonces ocurrió lo inesperado: mi mano derecha —la que nunca había sabido defenderme o agredir—, en un impulso veloz cogió el cuchillo que había en la mesa y lo hundió hasta el cabo en tu panza fofa. Abriste los ojos, me abrazaste como no lo habías hecho nunca desde que llegaste a esta casa, un abrazo tierno de madre que emprende un largo viaje y se despide, y un gemido sordo salió de tu boca, una queja leve, un adiós simple y angustiado.

Ahora sé, Rosario, que gracias a ti, al fin he podido vencer mis limitaciones. A partir de hoy podré hablar sin tropiezos, con palabras seguras y articuladas que expresen mis ideas y sentimientos claramente, sin avergonzarme. A partir de hoy mi mano derecha, tanto tiempo dormida en su letargo de flojera e inutilidad, será una mano fuerte, una mano redentora.

La
obsesión
de
Eva

♦ ♦ ♦

Mi hija fue una muchacha normal hasta que apareció la primera mancha. Recuerdo como ahora aquella mañana en que fui a despertarla temprano para que no le cogiera el día y la encontré envuelta en las sábanas, tapándose la cara con la almohada para evadir la luz y protegerse de mi acostumbrada cantilena.

—Eva levántate que se hace tarde.

Como siempre, aparentó no oírme pero la traicionó un involuntario movimiento del cuerpo. Se aferró a la almohada buscando un cómodo refugio en los últimos minutos de sueño, mientras yo abría la ventana de la habitación y daba paso a un grosero sol de

De: *La carne estremecida.*

verano que a pesar de la hora me dejó ciega por un instante.

Luego fui a la cama, me senté en el borde y volví a llamar a Eva, que entonces mostró la cara, parpadeó, me miró con los ojos entornados e hizo una mueca de hastío. Con los años he aprendido a manejar a mi hija, o sea que consigo lo que me propongo, aunque complazco muchos de sus deseos y a veces tolero las impertinencias propias de su edad. Así que no le di importancia a ese gesto de malacrianza y me limité a decir arriba que llegarás tarde al banco.

Volví a la ventana para darle chance de estirar el cuerpo y botar la cuaja que producen ocho horas de cama. El sol ya quemaba fuerte. Cerré los ojos y pensé en lo que pasaría si yo no estuviera en la casa para ocuparme de cosas como ésta.

Por fin Eva se levantó. Di media vuelta, abrí los ojos y la vi meterse al baño dando tumbos. Yo continué con mi rutina, poniendo en orden la casa, sacando la ropa interior, los zapatos y el vestido que Eva usaría para ir al trabajo. Le gustaba que la ayudara a elegir porque así no tenía que romperse la cabeza para evitar las repeticiones que provocaban tanta cháchara en la oficina, o hacer elecciones de mal gusto que alimentaran el chismoteo malicioso entre compañeras que vivían muertas de envidia porque era bonita y había tenido un éxito increíble en poco tiempo. Eva pretendía no hacerles caso a los comentarios, decía que son mediocridades de la gente, que yo estoy por encima de las murmuraciones, que ahora lo único que me interesa es hacer un buen trabajo y terminar

mi carrera en la universidad. Yo sabía que en el fondo la mortificaban esas cosas, podía leerlo en su manera de mover la cabeza, de encoger los hombros, pasar a otro tema y hablar de recetas, la última moda o
algún incidente sin importancia en sus estudios.

Cuando Eva salió del baño ya le tenía su ropa encima de la cama y en una silla los zapatos que mejor
combinaban con aquel vestido blanco que tan bien le
sentaba a su piel trigueña. Casi nunca rechazaba lo
que yo escogía, por eso me chocó que se quedara mirando el vestido con una expresión de contrariedad
ante lo inesperado.

—No te diste cuenta de la mancha, mami.

Había un dejo de turbación e inconformidad en
sus palabras. Por un segundo me sentí molesta conmigo misma por no haberme percatado, pensando que
Eva se gastaba casi todo su sueldo en trapos y que
ahora se le arruinara uno de los mejores por una simple mancha. Después tomé el vestido en mis manos,
lo revisé por detrás, por delante, por todas partes y
no vi nada raro en ningún lado.

—Ay, mami, estás medio cegata, fíjate ahí, cerca
del escote.

Pensé que estaba corta de vista porque a pesar de
mi gran esfuerzo no podía ver la manchita que mi hija había descubierto sin proponérselo. Según ella, una
marca pequeña, irregular, como de óxido rojo, de sangre reseca, o esas huellas imborrables que dejan el cajuil y el plátano verde.

Una de dos: o yo estaba al tris de la chochez o Eva
quería hacerme sentir culpable de su propio descui-

do. Pues ni lo uno ni lo otro. Ni siquiera uso lentes, siempre me he enorgullecido de mi buena vista, y eso que me he pasado la vida tejiendo y bordando, y Eva podrá tener defectos pero no se iba a poner a torturarme por una bobada, por algo que el vestido en realidad no tenía. Hablaba con mucha naturalidad, sin asomo de burla, y para no hacerle perder más tiempo le dije déjamelo, ya veré qué puedo hacer. Ella fue al closet y sacó un traje sastre azul marino que me había pedido hacerle la semana anterior y se lo puso sin comentar nada más.

Durante el desayuno casi no hablamos. Eva come poco, parlotea bastante y por lo general está de buen humor. Esa mañana parecía distraída, lejana, casi ausente, y sólo bebió la mitad de su jugo de china. Hasta Danilo se dio cuenta y le preguntó ¿te pasa algo, chiquita? Ella habló de un examen ganchoso, de cosas pendientes con su jefe en el banco y creo que logró convencer a su papá, que la cuida como si fuera la niña de sus ojos.

Danilo y yo vivíamos muy ufanos de nuestra hija, porque era cariñosa sin pecar de sumisa, por sus altas calificaciones en la universidad y el magnífico trabajo que estaba haciendo en el banco. La habían promovido varias veces en dos años y su nuevo jefe la trataba con muchísimas consideraciones, la dejaba salir temprano cuando tenía algún examen difícil y la traía a la casa si trabajaba hasta tarde, para desesperación del enamorado de Eva, el típico muchacho inseguro que no soporta esa clase de atenciones. Peleaban por eso y otras cosas que yo no me atrevía a averiguar, quizá por no meter demasiado las narices en sus asuntos.

El pasado de mi hija había sido siempre blanco como una hoja de papel, claro como la luz del día, transparente como el agua, aunque Eva tenía arranques de voluntariosa y podía volverse muy agresiva si la provocaban, o sentía que la estaban manipulando, o la abordaban sin ningún tacto, o querían abusar de su buena fe, de su alegría, de la entrega hacia los demás, de esa habilidad suya para resolver problemas y seguir siendo tan jovial como siempre. Por eso me parte el alma verla en las condiciones en que está y en las que me ha puesto a mí.

La primera mancha puso a girar una máquina de tortura que ya no se detuvo.

A veces una le da importancia a cosas insignificantes, se preocupa demasiado por las tonterías del hogar y termina medio histérica, peleando con el marido por un quítame esta paja, botando a la cocinera porque dejó quemar las habichuelas o disgustándose con la mejor amiga sin ningún motivo. No soy de ésas. A mi edad sé darle a cada cosa el peso que tiene y hasta puedo sufrir en silencio si las circunstancias lo exigen, como aquella vez del enredo de Danilo con la mujercita esa, hace unos meses. Me aguanté los cuernos para mantener la unidad de mi familia, para que mi hija no tuviera que soportar la vergüenza de sus padres divorciados por una canallada de la que no tenía culpa.

En esta ocasión las cosas han sido muy distintas. Empecé por no darle mucho color a las falsas impresiones de Eva. Supuse que su afán perfeccionista la hacía ver manchas en su ropa y que pronto se le pasaría si yo misma me ocupaba de arreglarle sus vestidos. Pensé que era una forma de llamar la atención y pedir un cuidado especial. Claro que esto pasa con los hijos únicos, que se acostumbran a tenerlo todo y siempre exigen más, nunca es suficiente para ellos. Me dediqué a cuidar personalmente del lavado y planchado de la ropa de Eva y examinaba con detalle cada una de sus piezas.

Pero otra mañana apareció una mancha en un vestido amarillo, una mancha idéntica a la anterior, sólo que más grande, según Eva. No sabía qué decir. Observaba la tela, pasaba mis dedos sobre el afrentoso lunar que sólo mi hija era capaz de ver. En vez de contrariarla o tratar de probarle que estaba equivocada, que su vestido amarillo lucía perfecto, sin una sola marca que lo afeara, volví a caer en el déjame que yo lo arreglo, veré cómo la saco. De ese modo me convertí en cómplice de algo que no existía más que en la mente de mi hija. Y todo por no llevarle la contraria. Ahora sé que decía la verdad. A Danilo no le dije nada; los hombres no entienden de estas cosas y hubiera pensado que estaba chiflada si le preguntaba por unas manchas que no existían.

Cuando Eva regresó del banco le mostré el vestido amarillo, que ya había puesto en remojo con detergente y un quitamanchas especial, sólo por darle gusto. La desilusión se le dibujó en la cara y antes de que yo pudiera explicar lo que había hecho para reparar el daño, a Eva se le aguaron los ojos y se lamentó con unas frases que me dieron que pensar.

—La mancha está igualita, mami, mírala, intacta, se me embromó otro trapo de los caros.

Prometí hacer lo posible para salvar aquel vestido manchado. Eva se quedó callada, empezó a desvestirse y, sin mirarme ni quejarse, como si estuviera pensando en otra cosa, dijo que hoy no tengo ganas de comer, mami, mejor descanso un rato. Se echó en la cama y su cara desapareció bajo la almohada. Tuve un ímpetu, me dieron ganas de obligarla a comer algo ligero, traerle una fruta o un vaso de leche, pero Eva es cabeza dura y sabía que iba a negarse a probar bocado por más que insistiera.

Estaba desconcertada. Nunca había visto a mi hija comportarse de una forma tan ofuscada, inventar un daño para atormentarme y de paso castigarme, como si yo no tuviera ningún otro tipo de preocupaciones. Sentí deseos de correr y contárselo todo a Danilo y me contuve. ¿Qué pensaría, qué diría de estas minucias de mujeres que llegan a ocupar sus mentes y sus espíritus con boberías que las dejan sin fuerzas para las cosas importantes?

Pasé buen rato en la habitación de Eva. Sin que ella lo notara abrí el closet y revisé todo: las blusas, las faldas, los conjuntos, los vestidos de noche. No encontré nada que me llamara la atención. Tendría que hacer un chequeo más profundo durante el fin de semana. Aun así, lo que entonces veía era suficiente para convencerme de que su ropa estaba impecable, tan ordenada y limpia como de costumbre. Me flaquearon las piernas y la penumbra y el calor del closet llegaron a sofocarme. Comencé a sudar y perdí un poco el equilibrio. Tuve una sensación de mareo; me dirigí a la ventana, la abrí, respiré a todo pulmón dejando que la brisa me ayudara a volver a la superficie. El sol estaba al otro lado del edificio y podía quedarme allí, sin molestar a Eva, protegida por la sombra, sola, con la inquietud que me causaban las alucinaciones de mi única hija, tratando de hallarle solución a lo que todavía no era más que puro nerviosismo, tal vez fatiga por el exceso de trabajo y estudios, o una manera desconsiderada de llamar la atención. Del parqueo subían el runrún de los carros y las voces de los que llegaban a sus hogares después de un día completo de ajetreo en la oficina. Al ver a mi vecina del primer piso regando sus matas pensé que yo debía estar haciendo lo mismo en lugar de estar rumiando las confusiones de mi hija, agravando con mi ansiedad la situación. Antes de salir comprobé que Eva dormía, vencida por la fatiga.

Las mañanas se convirtieron en duras pruebas que cada día me enfrentaban a los desatinos de Eva. Las manchas seguían apareciendo con regularidad en la ropa de mi hija. Eva lamentaba el asunto mucho más angustiada que yo. Quitaba el vestido de la percha, lo revisaba y de pronto veía otra mancha afrentosa, una salpicadura que destruía la inmaculada apariencia de sus vestidos. Entonces se ponía a llorar en silencio. Para mí eran manchas violentas que hacían sufrir a Eva y destruían la paz de nuestra familia, manchas horribles que me hacían sentir cansada y de mal humor. No podía verlas, es cierto, pero su presencia en aquellas telas que yo misma había cosido con tanto esmero para mi hija tenían un significado atroz que no me atrevía a confesar ni siquiera al propio Danilo.

Así fue quedando arrumbada en el fondo del closet parte de lo mejor que Eva tenía, muchos de los vestidos que la habían convertido en la empleada más elegante del banco durante varios años consecutivos: el rosa viejo con los festones que la hacían parecer tan juvenil, el crema que estrenó en la fiesta de navidad, el de estopilla azul celeste, el de hilo blanco. En fin, he perdido la cuenta y me desespera pensar en todo el dinero gastado inútilmente. Eva rehusaba volverse a poner una pieza manchada por más que le hablara de mis esfuerzos para arrancarle el sucio indeleble. Con un no sirve para nada la dejaba en mis manos y buscaba otra.

En las mañanas Eva salía para el banco como arreglada para ir a un funeral, vestida de negro de pies a cabeza. En las escasas noches en que su enamorado la visitaba —las cosas no marchaban bien entre ellos y las posibilidades de noviazgo se evaporaban— lo recibía en bata oscura, con una cara de flamante viuda que se resigna a la fatalidad del destino. A veces me desvelaba esperándola, aunque me telefoneara para decirme que iba a trabajar hasta tarde y que su jefe la traería a la casa. Daban las diez, las once y no llegaba, mientras el insomnio y la impaciencia acababan conmigo. Danilo había vuelto a las andadas y pasaba las noches fuera, por suerte. No sé lo que habría hecho si hubiera visto llegar a su hija a medianoche, la niña de sus ojos en el carro de un extraño —por más jefe que fuera—, cerrada en negro como quien viene de un entierro nocturno sin preocuparle el desvelo de sus padres.

Me había prometido encontrar la causa de lo que condenaba a mi hija a la monotonía de las tonalidades lúgubres y a mí me mantenía en ascuas, sin deseos de ocuparme de otra cosa que no fueran las malditas manchas. Un día aproveché que Eva saliera para el banco y me puse a revisar el ropero. Prácticamente lo desmantelé. Apilé los zapatos en medio del aposento, colgué los cinturones detrás de una puerta, saqué las cajas de cosméticos, los collares y chucherías que Eva conserva desde que estaba en el colegio y luego, con sumo cuidado, una por una, inspeccioné cada pieza sin hallar nada fuera de lo común, excepto el olor de tiempo muerto de la ropa apiñada en la oscuridad de los armarios, rastros de polvo y alguna telaraña en los espacios poco visitados por la escoba. Después, para asegurarme de que hacía las cosas como es debido, busqué huellas de alimañas, pintura derramada o filtraciones. Pasé varias horas descomponiendo para volver a ordenar las cosas tal como las había encontrado.

No negaré que mi desencanto fue menos intenso que mi intranquilidad. Me pregunté en qué pararía la insistencia de Eva en ver manchas irreales y cómo terminaría yo con mi estúpido afán de convencerme de que estaba equivocada y ella tenía razón.

Casi sin que yo lo notara —estaba tan ofuscada en esos días— Eva comenzó a modificar su conducta. Al principio fueron las tardanzas, la dificultad en llegar al banco temprano como lo había hecho desde que la contrataron. Se mostraba remolona, no quería levantarse, decía que ya no tengo qué ponerme, siempre voy con lo mismo y todo el mundo me mira y me critica casi en mis narices. Le costaba un trabajo enorme ponerse presentable, desayunar y estar lista a las siete y media. Mi hija perdía el amor propio y, sin hacer nada para sobreponerse, dejaba que la apatía la consumiera. Me alarmó que comiera tan poco, apenas tocaba sus platos favoritos, hacía un mohín de asquillo y se levantaba de la mesa sin decir ni pío. Estaba flaca y pálida, parecía una gata tuberculosa, la ropa empezó a quedarle grande. Un día le sugerí vamos al médico y me miró como si yo estuviera loca.

—Es el trabajo, mami, tengo demasiadas presiones en el banco.

No sabía si creerle y dejarla tranquila —sé lo que es eso de trabajar y estudiar al mismo tiempo—, o si debía forzarla a consultar cuanto antes. Por desgracia nunca he sido de esas madres muy protectoras y dejé que Eva continuara pendiente abajo, asombrada de su escaso rendimiento en los estudios y la oficina, angustiada por su flacura y negligencia.

—Voy a retirar el semestre, mami.

La frase me cayó como una pedrada. No podía aceptar que Eva abandonara sus estudios sin tratar de impedirlo. Intenté convencerla de que debía continuar hasta conseguir el título y le señalé lo importante que era para su trabajo en el banco. Eva me miró apenada, no por el vestido manchado que estrujaba en silencio —ya estábamos acostumbradas a este tipo de situaciones y nos lucía la cosa más normal del mundo—, sino por mi tenacidad en alimentar un sueño que ya parecía no tener mucho sentido para ella.

Mi última batalla en favor de Eva la libré con el pie en el pedal de mi máquina de coser, haciendo vestidos nuevos para reanimar a mi hija y devolverle la confianza en sí misma. Como Danilo había abandonado temporalmente el hogar sin dar explicaciones —estaba con su mujercita otra vez—, Eva se trasladó a mi cuarto. Allí pusimos su ropa nueva, y mi terca e incurable ingenuidad me hizo creer que las cosas serían distintas a partir de ese día. También yo estaba demacrada y parecía más vieja de la cuenta, con mis canas alborotadas, como quien no tiene tiempo ni de peinarse. La ilusión duró poco. Las manchas seguían apareciendo en la ropa de Eva, que comenzó a hacer crisis de llanto. Gritaba tan fuerte que tenía que darle un sedante para que se tranquilizara. Por la noche no quería recibir a su pretendiente y yo tenía que excusarla con algún pretexto intragable. El muchacho venía cada vez menos; algunos días llamaba por teléfono para preguntar si podía visitarla y al final se cansó y no hemos vuelto a saber de él. En cambio, el jefe de Eva estaba cada vez más pendiente de ella, le mandaba flores por cualquier motivo, se preocupaba si llegaba tarde o no iba al banco y seguía trayéndola a casa cuando trabajaban en la noche. Yo confiaba en que él pudiera ayudarla a justificar tantas ausencias en la oficina.

Anteanoche me dormí temprano, agotada de tanto vaivén en la casa. Eva se aprovechó y volvió a su cuarto sin que yo me diera cuenta. Cuando desperté me sorprendió ver su cama tendida y creí que estaría en el baño. Al no hallarla me puse a buscarla por toda la casa. La encontré en su aposento, acostada, temblorosa, con fiebre, sin querer decirme lo que le ocurría. Cada vez que le preguntaba si tenía algún dolor contraía la cara, se refugiaba en la almohada. No era que no quisiera levantarse para ir al banco, sino que la debilidad se lo impedía. Hablé de llamar al médico de la familia y comencé a marcar su número. Eva me agarró la mano y entre gritos me rogó que no la torturara más. Al incorporarse vi la mancha, una destestable mancha roja en la sábana y la bata de mi hija. Comprendí que no era una fantasía: mis ojos y mi nariz no podían engañarme. Sentí un escalofrío, un malestar interior que superaba al de mi hija. Me sentí traicionada y me deseé la muerte. En ese momento, al ver la sangre en la blanca tela de la sábana y en la bata de Eva comprendí tantas cosas que hubiera preferido estar bajo tierra antes que tener que presenciar algo semejante, lo que con horror mis ojos veían. Sin decirle nada, sin reproches, empujada por el chispazo, fui al baño en busca de otras pruebas, de otras huellas que no me dejaran ningún resquicio de duda. Eva gemía bajo la almohada, como una niña indefensa, tal vez con miedo de lo que yo pudiera hacer. Pero a fin de cuentas es mi hija y pensé que no me quedaba otra salida que seguir borrando manchas como siempre lo había hecho, en la complicidad del silencio.

Ayudé a mi hija a levantarse y cambiarse la ropa interior y la bata. Le puse sábanas limpias a la cama, lavé las sucias y luego, con toda la calma del mundo le dije a Eva que iríamos al médico aunque tuviera que llevarla amarrada. Ella comprendió que hablaba en serio.

El doctor confirmó la pérdida y nos dio un certificado para que Eva se quede unos días en la casa. Nunca me había sentido más desamparada y absurda, con deseos de llorar, de gritar con todas mis fuerzas, pero me contuve. No sabía qué decirle al doctor, ni imaginaba qué pensaría él, que me conoce desde hace muchísimos años. Antes de salir del consultorio, el médico me miró compadecido, trató de darme aliento y dijo no se preocupe, cuídela bien que ella se va a mejorar pronto. Eva permaneció callada, como si la cosa no fuera con ella. Estaba embobada. Sabía que había echado por la borda nuestros esfuerzos, pero estoy segura de que no podía sentirse más miserable que yo. Las mujeres que estaban en la sala de espera se quedaron mirándonos. Debíamos parecer dos brujas, una vieja y llena de canas, sin deseos de vivir; la otra joven, flaca, pálida, con las entrañas destrozadas, con una vida por delante, ya arruinada.

Hoy llegó un ramo de rosas que envió el jefe de Eva. Primero intenté echarlas a la basura, pero luego pensé que eso no remedia la situación. Las he puesto en un bonito florero, sobre una mesita redonda en el centro de la habitación de Eva —adonde ha regresado sin decir palabra— para alegrar un poco el ambiente. Danilo también volvió al enterarse de que su hija está enferma. Parece un perrito apaleado, hablando suave y disculpándose por cualquier cosa. Todavía no me he dignado a mirarlo, pero es cuestión de tiempo, porque en resumidas cuentas también él tiene derecho a vivir aquí y sus flaquezas no son peores que las nuestras.

Desde anteayer he perdido el interés en la vida. Siento una especie de vacío que no puedo definir. Parece habérseme roto algo adentro, ando como una idiota, haciendo las cosas mecánicamente, sin voluntad. Casi me olvido de mí misma si no fuera porque esta mañana, al abrir mi closet en busca de un vestido nuevo que hace unos días le terminé a Eva —una sorpresa que ahora considero inútil—, descubrí una mancha roja, una infame mancha en el corpiño, que me ha convencido de que Eva siempre tuvo razón, desde el principio. Sí, yo estaba ciega, pero ahora puedo ver la mancha, una mancha tan real y palpable como la vida misma.

Como una noche con las piernas abiertas

◆◆◆

La interminable fila avanzaba con lentitud exas-
perante. Pensé que sólo la morbosidad causada por
los anuncios atraía tal muchedumbre a un film de
Bertolucci, pues me negaba a aceptar que los causan-
tes del barullo fueran el viejo Brando y una actriz
prácticamente desconocida que podía ser su hija. Había demasiada gente y temí no conseguir donde sen-
tarme. Caía una llovizna incómoda y entre tantos
cuerpos sudados afanando por entradas empezó a cir-
cular un vapor pegajoso que engomaba la ropa a la
piel obligando a muchos a darse por vencidos y salir
de la cola echando pestes.

Ella estaba justo delante de mí y yo hacía esfuer-

De: *La carne estremecida.*

zos por mantener una distancia razonable entre los dos, amortiguando los empujones para evitar un bochorno.

—Perdone, señorita —me disculpé cuando el choque fue inevitable—, todo el mundo quiere entrar al mismo tiempo, mire...

—No se preocupe, señor —dijo—. No es el afán por ver la película lo que provoca este despelote, sino el temor al diluvio que viene.

Miramos hacia el cielo rojizo que tronaba preludiando un aguacero rabioso. Me quedé pegado a su cuerpo, como si me perteneciera. En un relámpago había visto sus ojos amarillos, su nariz respingona, su boca diciéndome "no se preocupe", y ahora no le importaba el roce de mi cuerpo excitado con el suyo. "Si Elena lo sabe —reflexioné— me saca los ojos."

—Señorita, si quiere le compro su entrada y usted me espera allí —señalé el atestado vestíbulo del cine—. Dígale al portero que la deje pasar, que ahorita usted le entrega su boleto.

Salió de la fila y entonces pude apreciarla mejor. Era delgada, más bien pequeña que mediana, de piernas hermosas y andar resuelto. No huía de la lluvia, caminaba sin prisa complaciéndose en marcar sus pasos, muy segura de lo que hacía. La perdí de vista en el instante en que me acercaba a la taquilla, donde el forcejeo resultaba insoportable. Todos queríamos meter mano entre las rejas de la boletería. Después de aguantar unos empellones más obtuve las entradas y escapé indemne de la fila.

— ¡Por fin! —exclamé, sacudiéndome la camisa.

Ella vestía de negro, con un suéter de escote bajo y una minifalda ajustadísima.

—Olvidé darle el dinero de mi...

—Oh, no es nada —la interrumpí—, yo invito.

Tenía pestañas enormes, cejas finas delineadas al natural, orejas chiquitas con unas dormilonas,...

—Ni siquiera sabe mi nombre.

...dientes blancos y parejos —un poco levantados los de arriba—, la cara sin maquillar,...

—Bueno, es muy fácil, me lo dice y ya está.

...el mentón simétrico y labrado, las mejillas algo achinadas donde unos hoyuelos festejaban la sonrisa.

—Carolina.

Lo dijo mostrando unos ojos de entrega que pretendían refugiarse tras los mechones castaños que le caían sobre la frente, moviendo unos labios que convidaban a la mordida.

—Y acepto —agregó— si me deja brindarle un refresco.

En el cuello delgado refulgía un lunar grande y saltón, y tenía otro diminuto en el pecho, muy cerca de los senos que se erguían desafiantes, bajo la negrura del suéter. Carolina sonrió, acercándose a mí con irresistible picardía.

—Aún no me has dicho tu nombre —susurró—. ¿Cómo te llamas?

—Emilio.

Detesto las gaseosas pero no podía rehusar la oferta, y quizás por la sed me agradó el primer sorbo de aquel líquido dulzón. Nos sentamos en una fila trasera. Faltaban unos minutos para que empezara la proyección y el cine lucía abarrotado. Me alivió no encontrarme con ningún conocido.

—Emilio, tuvimos suerte.

Su voz me hacía olvidar los sofocones de la fila, el sudor y el agua que me corrían y la presencia de tanta gente atropellándose para encontrar asiento.

En el aire refrigerado de la sala ondeaban las tensiones que producían las imágenes en los espectadores. Había un silencio pesado, angustioso. Brando se engrandecía con una actuación soberbia, inquietando con aquellas memorables escenas en las que acorralaba a su amante y la hacía sufrir y gozar con sus embestidas brutales. Carolina, muy atenta a lo que ocurría en la pantalla, no me miró ni una sola vez. Permanecimos callados durante la proyección y en un par de ocasiones, sin que ella lo notara, me puse a observarla detalladamente. Deslicé una mano nada ingenua sobre la suya y ella no la movió. En su piel suave latía una provocación de gata consentida. Ahora no necesitaba verla, me bastaba con el ardor de su piel. De nuevo recordé a Elena, que estaría esperándome en casa, leyendo alguna novela aburrida y fumando un cigarrillo tras otro hasta que el sueño la venciera.

Cuando acabó la película el aguacero estaba en su buena. No podíamos ver más allá de tres metros fuera del cine. Un gentío impedía la salida de los que se arriesgaban a pescar un resfriado.

—El diluvio —dijo Carolina, sacando un pañuelo de la cartera.

—¿No te importa salir así? —pregunté, tomándola del brazo.

—No. A mí me gusta la lluvia —se pasó el pañuelo por la cara, mirándome con ojos traviesos que decían: "vamos a hacer un disparate".

De repente un apagón dejó todo a oscuras, precipitando la estampida de los indecisos. Cruzamos la calle chapoteando, dejando que la lluvia furiosa nos empapara. Íbamos de manos, igual que dos muchachos que saltan bajo el aguacero de un viernes cualquiera. Encontramos mi carro a punto de zozobrar en el río que bajaba por la cuneta. Al entrar besé a Carolina con ímpetu que de seguro no esperaba. Nos besamos sin hablar: la carne humedecida lo hacía por nosotros gritando sus vehementes contraseñas. Carolina tenía unos labios esponjosos y una boca ávida y entrenada que saboreaba la mía buscando un punto de equilibrio en su exploración. Sentí el calor de su cuerpo mojado y aspiré complacido los últimos efluvios de una fragancia de magnolias adherida a su piel, cuyo sabor de almendras confitadas despertó mi gula.

Los vidrios del carro se habían empañado y me creí a salvo de miradas indiscretas. Desde afuera venían los ramalazos de luz de quienes manejaban de sur a norte, navegando en la calle inundada.

—Esta ciudad no tiene nada que envidiarle a Venecia —comenté burlón.

Carolina sonrió. Prendí el carro y quise calentarlo para no quedar varados en un charco, al tiempo que cedía el paso a los que agonizaban por salir de aquel lío.

—Te invito a un trago en un lugar tranquilo —propuse, calculando una forma lógica de escabullirnos de la confusión, los bocinazos y luces cegadoras de vehículos impacientes.

—Me parece buena idea —dijo ella con naturalidad.

Bajé un poco el vidrio para ver las góndolas a la deriva que se desplazaban penosamente en el canal anegado de la calle. Carolina, descalza, secaba sus pies con el pañuelo. Tuve deseos de fumar, busqué los cigarrillos creyendo que aprovecharía alguno, pero estaban ensopados. Lancé la cajetilla inútil al asiento de atrás, mascullando una grosería.

—¿Qué te pareció la película, Carolina?

—No la entendí —confesó sin rubor—. Además, qué pesimista, sobre todo ese final tan atroz.

Había captado algo, sin duda. Me gustaban su espontaneidad, su manera de decir las cosas sin premeditarlas y el valor de presentarse tal como era, dejando al descubierto encantos y limitaciones.

—Y a ti, Emilio, ¿te gustó?

—Mucho. Aunque en algo estoy de acuerdo contigo: es deprimente, como el mundo actual.

Atravesamos algunas calles hasta llegar al Parque Independencia —un pulmón cercado que no descansa—, donde supuse que conseguiría cigarrillos, pero no vi un solo paletero en los alrededores y las cafeterías trasnochadoras habían cerrado sus puertas para evitar posibles daños en el temporal. En la 30 de Marzo nos libramos finalmente de la inundación. Manoseé las piernas de Carolina, que se escurría el pelo y me dejaba sobar, como si estuviera habituada a ese tráfico de caricias. Enseñaba unos muslos firmes, unas masas resbalosas y compactas que frotaban mi atrevida mano en un juego que sabía mucho a predicción. En la 27 de Febrero nos detuvo el semáforo en rojo.

—¿A dónde vamos? —percibí una nota de impaciencia en su voz.

En realidad no había determinado a qué motel iríamos. La ciudad, rodeada de ellos, ofrece escondites para cada gusto, ocasión y bolsillo. Estábamos en un cruce importante, podíamos ir hacia cualquiera de los puntos cardinales y en todos encontraríamos albergue y discreción a cambio de una módica suma. Pensé en una madriguera cercana y decente.

—A un sitio que te gustará mucho —dije, poniendo el pie en el acelerador cuando la luz verde nos dio paso.

El motel —un conjunto de casitas individuales rodeadas de árboles— resultó más cómodo y reservado de lo que esperaba. Cruzamos un ancho portón y yo bajé la ventanilla hasta la mitad para divisar una cabaña vacía. La lluvia había amainado y la brisa refrescaba la atmósfera, aliviándonos de la opresión del calor. Carolina recostó la cabeza en mi hombro y su mano se acurrucó bajo mi camisa mojada. Las casitas parecían desiertas aunque todas esas ventanas iluminadas desmentían la supuesta soledad del lugar. Al fondo, algo perdida entre unos pinos, hallamos una cabaña disponible. La puerta del garaje comenzó a cerrarse automáticamente poco después de que estacionara el vehículo. Entramos y sin darle tiempo a decir nada cogí a Carolina por la cintura y la apreté contra mi pecho. Nuestras bocas ansiosas se buscaron en la oscuridad. De pie, mojados aún, incómodos aunque bas-

tante enardecidos como para ignorar detalles indeseables, la avidez nos devoraba. A tientas busqué y opri-
mí el interruptor y en una esquina de la salita se encendió una lámpara.

En la habitación contigua nos tumbamos en la
cama —dos felinos retozando antes de la cópula—,
arrancándonos las ropas que estorbaban las caricias,
lamiéndonos, degustando los sabores que fluían de
cada milímetro de piel, con nuestros cuerpos soldados en un abrazo tierno y salvaje a la vez, dejando que
la nariz, atrapada por la glotonería del olfato, se em-
borrachara de emanaciones agridulces, de esencias de
almendras confitadas, agua de magnolias, sudor, gotas de lluvia, saliva, y descubriera posibles secretos,
necesidades ocultas, deseos que activaban el ritmo de
nuestros movimientos ondulatorios, el balanceo de la
entrega y el reclamo, lo cóncavo y lo convexo en un
diálogo de afirmaciones y negaciones, la desnudez pul-
posa que me arrastró a descender de la boca insacia-
ble a los senos jugosos y duros, de anchos pezones
morenos que enviciaban en cada mordisco, y de allí
a la elástica región bajo la cual dormían los órganos
de la vida, y de allí al sinuoso laberinto de pliegues
intrincados que nunca llegamos a conocer del todo:
portal del mundo, corola carnívora, recámara sin
salida, región donde chupé los generosos líquidos
marinados de Carolina, que pedía más y más y gemía
mientras sujetaba mis greñas, encadenando las piernas
sobre mi espalda, rogándome que no la dejara sola en
aquel instante único, que ya venía lo bueno, se acercaba el final, el triunfo efímero igual que un disparo,

violento como las percusiones de una ráfaga, y entonces la cabalgué, penetrando al pórtico misterioso
que ya era mío, embrujado por esa inagotable fuente
en la que no cesaba de abrevar, esa marisma en la que
me perdía, viendo el retrato de Elena en su cara
transformada, respondiendo a mis estocadas con la
voz sensual de Elena, buscándome con los brazos de
Elena, los errantes ojos de Elena, sus pestañas enormes
abanicando el goce, la misma contracción jubilosa
de la boca de Elena en el momento supremo del placer, cuando al unísono Carolina y yo nos identifica-
mos por completo en medio de los estertores cruciales.

Carolina, bajo mi cuerpo sudado, tenía una expresión melancólica, respiraba serena, con una leve fatiga estampada en los ojos claros de brillo intenso, sus
dedos enredándose en mi pelo revuelto, en los vellos de mi torso, dibujando la línea de mis labios que
recorrían su cara en la paz infinita que sigue a la des-
carga. Busqué una posición cómoda para ella, colo-
cándome a su lado sin perder la tibieza de su cuerpo
pequeño y bien formado que yo no paraba de acariciar. Me inquietaba la fantasía con Elena, su imagen y
la de Carolina mezclándose en las rotaciones delicio-
sas, invadiendo con su recuerdo mi clandestina intimidad.

—¿En qué piensas?

—En un cigarrillo y un trago —mentí—. Ya es hora
de que bebamos algo, ¿no te parece?

—Muy bien. Mientras tanto yo voy al baño —respondió.

Al levantarse de la cama la contemplé de cuerpo entero. Pocas veces había visto una figura tan armoniosa, casi como la de Elena cuando nos casamos...

—¿Qué te gustaría tomar?

...Un cuerpo sin ningún exceso, nada fuera de lugar, los cabellos lacios recortados a la altura de los hombros, los brazos finos y proporcionados, la espalda trazando un arco que se hundía en las frondosas nalgas bien torneadas, los muslos redondos unidos a las piernas por unas articulaciones flexibles que daban a su caminar ese paso distintivo.

—Cerveza —dijo, perdiéndose en el baño.

Por el intercomunicador pedí una fría, cigarrillos y fósforos. Sentí un temblor, estornudé, me cubrí con la sábana. Desde el baño Carolina me pedía que la acompañara. Me armé de valor y de un salto fui a complacerla. Allí el cambio de temperatura me erizó la piel, estornudé de nuevo, y Carolina, burlándose, me mojó para que acabase de decidirme. La ducha tibia me encantó. Sostuve a Carolina entre mis brazos y cerré los ojos para eternizar aquel presente irrepetible, antes de que iniciáramos un ritual de espuma, pompas de jabón, frotaciones y nuevas búsquedas.

Me secaba cuando sonó el timbre anunciando los cigarrillos y la bebida.

—¡Ceniza de verdad! —dije, contento, al destapar la botella.

Llené dos vasos, le pasé uno a Carolina, que salía del baño envuelta en una toalla, con otra de turbante en la cabeza. Sin dejar de mirarla tomé de un tirón el contenido del vaso y después encendí un cigarrillo.

Respiré hondo disfrutando del humo, de esa sensación de bienestar que se había apoderado de mí.

—Tienes una cara de felicidad envidiable —lo dijo sentándose en la cama, quitándome el cigarrillo de los labios.

—Soy hombre fácil de complacer.

Se le encendieron los ojos de gata mimosa, noté el fuego de la curiosidad que llameaba en sus pupilas, sus mejillas de pomarrosa, su nariz respingona, su boca entreabierta buscándome otra vez.

—¿En qué trabajas?

—Soy abogado —puso cara de incrédula—. Te voy a dar esto por si algún día necesitas mis servicios profesionales.

Busqué la cartera, saqué una tarjetita de presentación y se la entregué, lamentando en mis adentros la metida de pata. Al revelar mi identidad destruía la fascinación de las cosas prohibidas.

—Yo soy secretaria, pero no tengo tarjeta —la sonrisa le marcó los hoyuelos.

Tuve miedo de que empezaran las confidencias y traté de impedirlo. Apagué el cigarrillo, besé a Carolina, bebimos más cerveza. Regresamos a las caricias, los viciosos contactos que encandilaban nuestro ardor: boca contra boca, labios y susurros en la oreja, sus párpados entreabriéndose, sus manos enlazadas a mi espalda, mis manos viajeras acomodándose en lo tibio y lo suave, pasando de un contorno a otro con pereza de gusano de seda, otra vez la imagen de Elena, su cuerpo ligero galopando sobre mi tronco con palabras de arrebato, los gemidos de Elena, el pelo alborotado, la piel sudorosa, la respiración anhelante, la lujuria de Elena, mi cuerpo oprimiendo el suyo, buscando la entrada, prisionero voluntario que se dejaba vencer gustoso por Carolina o Elena, dos, tres, cuatro veces, en ceremonias que tenían mucho de iguales y eran sin embargo tan distintas.

Debí quedarme dormido en una de esas pausas que seguían a la hartura y en que nos sumergíamos en cerveza y humo a tonificar el deseo. Carolina se había esfumado y me pinchó un vacío en el estómago cuando vi mi cartera abierta sobre la mesa de noche. Pero allí encontré todo: dinero, tarjetas, licencia de conducir. Apoyé la cabeza adolorida sobre la almohada y entonces vi su nota, escrita con letra menuda en una servilleta:

Emilio:

> *Lo pasé divino, gracias por todo. Prometo llamarte luego para saber si llegaste bien.*

> *Carolina.*

Se había desvanecido sin preguntas ni exigencias, sin apoderarse de nada. Tal vez, igual que yo, encontrara en la aventura de una noche anónima alguna compensación a la vida sin alicientes de quienes habitamos esta ciudad con cabeza de hidra. Eran las tres y media. Me vestí —todavía con el sabor de Carolina en mi boca, su olor pegado a mi nariz—, pagué la cuenta y volví a las calles sin lluvia donde aún corrían arroyos de agua lodosa, a las avenidas solitarias y oscuras, a la transparencia fugaz de la atmósfera en los inicios del sábado, a disfrutar de aquel cielo despejado que casi me hace creer en la felicidad si no hubiera sido porque en la intersección de dos grandes vías una muchachita de cara sucia y desvelada me ofreció un ramo de claveles marchitos por un peso.

Manejé sin rumbo fijo, asido a la ilusión de aquel encuentro fortuito. Serían las cinco cuando llegué a casa. Me quité los zapatos para no despertar a Elena y con la facilidad de un ciego que conoce al dedillo su mundo de tinieblas caminé a nuestra habitación, me acosté, me tapé con un canto de sábana. En el patio gorgoteaba monótona y adormecedora una cañería, croaban las ranas en la yerba húmeda y los tiestos de matas, el perro husmeaba celebrando el despunte de la aurora. Elena despedía una delicada fragancia de almendras confitadas, las sábanas olían a esencia de magnolias, las manos cálidas de Elena comenzaban a buscarme instintivamente, ceñían mi cuello, sus piernas apresaban mi cuerpo como dos tenazas, ahora era Carolina la que me asaltaba con un abrazo que yo recibía sin oponerme en la complicidad de la madrugada, dejando que Elena me abrazara con manos ansiosas y respiración jadeante, empezara a morder mis orejas, apretara mi garganta, atara mi cuerpo con la sábana, se echara sobre mí tapándome el rostro con la almohada, cortando mis accesos de aire, asfixiándome...

—Emilio, ¿qué te pasa? —Elena me despertó—, ¿tienes pesadilla?

Abrí los ojos, me incorporé, agitado y dudoso. Elena encendió la lamparita de su mesa de noche y apareció su cara soñolienta preguntándome si quería un vaso de agua, pasándome por la frente una mano tierna.

—No, estoy bien —dije—, vuélvete a dormir, no te preocupes.

—Cenaste mucho —comentó, sin percatarse de la hora, y continuó durmiendo como si no se hubiera despertado.

Estaba confuso, con las vivísimas escenas de una orgía muy larga aún bullendo en mi mente, una ilusión fugitiva, un desahogo de la imaginación. Me levanté —advirtiendo mi absoluta desnudez—, me puse la bata, encendí un cigarrillo y fui a la ventana con andar de sonámbulo, reconstruyendo los episodios de mi sueño. En el patio, la cañería de desagüe acarreaba lluvia y espejismos nocturnos, croaban las ranas en los rincones mojados, el perro cumplía su papel de centinela al pie de la letra. Me quedé mucho tiempo ante la ventana, fumando, abstraído en las claridades del alba, dándole vueltas a mi cabeza. Sonó el teléfono, corrí hasta mi mesa de noche y levanté el auricular...

—¿Quién es? —preguntó Elena medio dormida, anclada todavía en el sueño.

—Nadie —dije, cerrando la comunicación—. Marcaron un número equivocado.

Desconecté el aparato, me derrumbé turbado en la almohada, con el recuerdo de Carolina acosándome, la voz de Carolina zumbando en mis oídos, su presencia tan nítida en medio de Elena y yo, entre aquellas sábanas que exudaban un inconfundible olor de magnolias y almendras confitadas.

La
reina
y
su
secreto

♦ ♦ ♦

En el angosto espacio de la puerta entornada, Gina advirtió el ojo azulino, la enarcada ceja, la pestaña cautivante, la boca moviéndose como un gusano escarlata que vibra y modula palabras inaudibles. Seducida por aquel rostro blanco, casi espectral, se detuvo frente a la casa en que ahora una mano abría la puerta algunos centímetros más y la faz oculta —sin descubrirse por completo— emergía a la débil claridad de la calle. Gina no podía moverse, parecía fijada a la rugosa superficie de la acera, sentía que el rostro la atraía, imaginaba que aquellas uñas verdes empezaban a derretirse sobre los largos y finos dedos, transformándose en hábiles tentáculos que la arrastraban al

Del libro: *Las máscaras de la seducción* (1983).

interior de la casa. El hombro desnudo, un brazalete dorado en la muñeca, el pie mostrando un zapato antiguo y en el tobillo una delgada ajorca cuyo extraño fulgor hería las pupilas de Gina, obligándola a desviar la vista hacia otra zona del trozo de cuerpo dibujado en la delgada abertura de la puerta a medio abrir.

La boca no cesaba de moverse, pero Gina no podía oír ni entender bien las palabras. A sus oídos sólo llegaban sonidos apagados, sugerencias extrañas, confesiones sibilantes de un ser que apenas alcanzaba a moderar su excitación. A veces se insinuaban varios dientes bajo los labios carnosos, sin que Gina pudiera adivinar su forma, color o tamaño. La persona permanecía en el misterio, prometiendo posibles encantos, siempre escudándose tras la puerta. Tal vez por eso Gina seguía embelesada, en un instante absurdamente largo. Las palabras eran ininteligibles, aunque Gina sabía o creía saber que la invitaban a descubrir el secreto de la casa y de su única habitante. El pedazo de cara no mostraba contrariedad por la demora, sino que se complacía en ir venciendo la resistencia de Gina a base de astucia y tenacidad.

La frente transpiraba gotas minúsculas, las rubias guedejas caían sobre el hombro, cubriendo la filosa clavícula, la mano sujetaba aún la puerta, impidiendo la revelación de aquellas partes del cuerpo que únicamente podían entreverse. Gina dio un paso en dirección a la casa y en seguida se detuvo, frenada por la cautela que le inspiraba el cuerpo escondido.

—Entra, no tengas miedo.

La voz poseía un timbre de asordinada neutralidad. Era una voz nasal, emitida con intención de infundir confianza. Gina avanzó un paso y luego otros hasta colocarse en el umbral. El ojo brilló, traspasado por la luz desfalleciente de la calle y los labios sonrieron, seductores, dejando ver unos dientes grandes, amarillos, apeñuscados entre la boca. La enjoyada mano dejó la puerta y se tendió amistosamente hacia Gina, ofreciendo sus largos dedos que, más que pedir, imploraban la entrada de la visitante.

—Entra, ven —insistió la voz con claridad seductora.

Al girar sobre sus goznes oxidados, la puerta chirrió. La mujer desapareció para que Gina entrase y algunos segundos después reapareció íntegra. Luego pasó la falleba suavemente, con un movimiento veloz, casi involuntario. Gina se vio ante una altísima Marie Antoinette, enigmática y jovial, empeñada ahora en ocultarse tras un abanico de plumas que hacía girar con altiva gracia. Gina sonrió, fijándose en ciertos detalles corporales de esta Reina de Francia: el pelo clarísimo, de hebras enmarañadas y algo resecas, la piel encalada, los pómulos salientes, artificiosamente rosados, la mirada de quien ha estado demasiado tiempo alejada de los demás y agradece la transitoria compañía de alguien, el collar de perlas rodeando la garganta finísima, los pechos escasos, escondidos o disimulados en los pliegues de un cuello de encajes, el vestido pomposo, abovedado como una catedral, de un amarillo viejo y etéreo como un nubarrón de polvo milenario.

—Siéntate —dijo Marie Antoinette, atiplando la voz.

Gina, maravillada por aquella espléndida fantasía que no alcanzaba a comprender del todo, se dejó caer en la butaca que le ofreció la reina. Sintió entonces la desasosegada respiración de la soberana, soportó su aliento de tabaco y alcohol, vio muy de cerca la piel blanqueada y fantasmal, el brillo metálico que titilaba en los párpados, el gusano escarlata que sin pronunciar palabra reptaba provocativamente bajo la nariz, los hombros huesudos y toscos, los brazos tensos esforzándose en acomodar un cojín en la butaca para que Gina se sintiera totalmente a gusto. Tras unas vueltas por la sala, Marie Antoinette trajo un frasco y lo destapó frente a Gina. La visitante no se atrevió a tocar lo que la reina le ofrecía. La duda podía traicionarla. Había oído tantas historias de reinas malvadas que envenenaban a sus víctimas con bombones exquisitos o apetitosas manzanas. Los ojos no podían sustraerse al encanto del dulce. La boca empezaba a inundársele de un líquido salobre. Por fin, la reina le entregó el hermoso objeto transparente en cuyo interior se entreveraban los mágicos colores de las frutas tropicales.

—Son tuyos —afirmó Marie Antoinette, tapándose los dientes con el abanico—. Come los que quieras y puedes llevarte los otros.

Y en seguida apagó la luz central, encendió una lámpara y corrió a un rincón donde había un gramófono que accionó antes de que Gina se llevara el primer caramelo a la boca. Se escuchó una música suave, propia de galanteos y amoríos de salón imperial. La reina se desplazaba, abanico en mano, en el hol-

gado espacio de la habitación, pisaba delicadamente
el piso de losanges con intrincados arabescos, daba
vueltas bajo la araña que pendía del cielo raso. Gina
seguía el baile de la reina, memorizaba sus movimientos garbosos y de vez en cuando se cubría la boca para esconder la risa, al ver que la falda de Marie Antoinette se ahuecaba con el brío que le imprimía la dan-
zarina y al levantarse más de lo debido dejaba al descubierto unas piernas flacas y peludas.

Marie Antoinette concluyó el minué y al despe-
dirse de su imaginario acompañante hizo una prolon-
gada reverencia que Gina agradeció con aplausos. Fatigada por el esfuerzo, jadeante, la reina dijo que debía "descansar un rato para no morir"; luego se acercó a Gina y le preguntó si era posible tomar asiento
a su lado, tener el privilegio de estar junto a la hermo-
sa aparición que había aguardado tantos días. Gina
no entendió el significado de las últimas palabras y
por toda respuesta se corrió en la butaca, haciéndole
lugar a la reina, quien se deslizó sobre los almohado-
nes con ademanes refinados, recogiéndose la falda
entre pudorosa y remilgada, sujetándosela con fuerza
para impedir que las piernas quedasen al desnudo. De
inmediato encendió un habano y a la primera bocanada su cara se inundó de placer.

Durante unos segundos ambas guardaron silencio.
Sólo se oía el crujido en la boca de Gina. Los dientes
trituraban un caramelo tras otro, la lengua succionaba
la confitada pulpa, el tierno corazón azucarado. Por
el momento ésta constituía la principal actividad de
Gina. Ahora que estaba a su lado, no miraba como an-

tes a la reina, como si ya hubiese perdido parte de su encanto. Marie Antoinette, en cambio, escrutaba libremente a su nueva amiga, aunque no se atrevía a decir nada, temerosa de romper el hechizo creado con música, caramelos y un viejo vestido de carnaval. Tomó un vaso de la mesa cercana a la butaca, varios cubos de hielo de un tazón y se sirvió licor de una botella panzuda, bebiendo de un solo trago el contenido del vaso. Gina se dio cuenta de la súbita transformación de la reina, cómo enrojecía, sudaba, se estremecía toda, y cómo, en ese instante, recuperaba fuerzas y se animaba a pasarle una mano por la cara. La caricia generó en Gina una turbación que la reina intentó disipar con una mentira inocente:

—Son raras, ¿verdad? —preguntó Marie Antoinette mirándose las uñas—. He leído en alguna parte que los dedos son como ramas de un árbol y las uñas algo así como las hojas. Por eso me las pinté de verde. Además, ¿sabías que Marie Antoinette era una extravagante?

Gina dijo que no con la cabeza, sujetó la mano de la reina y se quedó alelada, examinando fijamente la verdosa luminiscencia de las uñas. La reina volvió a acariciarla, le pasó las manos por los cabellos, se arrimó más a ella para besarla en la cabeza. Gina podía oír los latidos de Marie Antoinette, sentía el ritmo acelerado de aquel terrible tambor que batía en su pecho majestuoso y ahogaba su respiración, sofocaba su aliento, le hacía llevarse una mano al cuello, cerrar los ojos, caer en un aparente sueño. Gina no supo por qué —ya no podría saberlo ni averiguarlo— aquel inusitado afecto de la reina tenía un sabor de cosa tremenda y el último caramelo que saboreaba se le heló en el centro de la cavidad bucal. Dejó de masticar, se le inmovilizaron las mandíbulas y la lengua mientras se empeñaba en distinguir las frases que la reina, en medio del éxtasis, dejaba escapar de sus labios. Pero era inútil, únicamente percibía un agobiado sonido sin matices, inarticulado, el grave zureo de una torpe paloma enamorada. Las manos de la reina estaban secas y despedían un calor abrasante. Gina recordó los temores que circulaban en su hogar acerca de un raro suceso —desconocido para ella— ocurrido hacía tiempo en casa de la reina. Recordó las admoniciones, los consejos, las advertencias de que nunca se atreviera a visitar esta casa. Pese a todo, aquí estaba ella. La prohibición había despertado en ella una curiosidad irrefrenable, un deseo de explorar esta morada vecina y descubrir si aquel hecho que tanto angustiaba a los suyos tenía algún fundamento. Decían que la señora Marcela no se había suicidado. Su inesperada muerte por envenenamiento habría sido planeada por el esposo, don Rogelio, el viudo de ojos azules que desde entonces permanecía recluido, solitario, peligroso.

—Ven, quiero enseñarte algo —invitó Marie Antoinette al percatarse de que Gina esquivaba tímidamente sus caricias. La tomó de la mano y ambas se pusieron de pie. Atravesaron la sala, que a Gina le pareció más oscura y silenciosa que al principio, aunque pudo ver los dibujos colgados en las paredes cuando caminaban por un pasillo que las llevó a una habitación interior. Les salieron al paso imágenes de tiznados y desconocidos de torsos desnudos, grotescas figuras de gente airada que levantaba los puños contra el espectador, un mundo tortuoso en tinta china y carboncillo que Gina no pudo captar plenamente.

La reina había renunciado al donaire de los movimientos que exhibía cuando la visitante apareció en el umbral de la casa. Trocó los ademanes sutiles por otros más decididos y burdos. Sus pasos inciertos escondían el firme propósito de llevar a cabo lo que se proponía. Había tomado una resolución e iba a cumplirla, se notaba en su manera de agarrar la mano de Gina, de conducirla a lo largo del pasillo que comunicaba con otras habitaciones. Al llegar, la reina se aseguró de no dejar la puerta abierta. Fue la primera vez que Gina creyó escuchar la voz de Adela, quien la llamaba desde una lejanía de patios y tapias. Era una voz familiar que, sobrevolando los árboles del jardín, venciendo las tupidas enredaderas que crecían en los alrededores, llegaba nítida hasta ella. Entonces se arrepintió de haber salido sin decir a nadie a dónde iba.

—Aquí hay de todo. ¿Quieres probarte uno de éstos?—preguntó Marie Antoinette, abriendo un arcón de donde sacó varios disfraces. Gina se arrodilló, no podía creer lo que veía, le parecía estar en las páginas de un cuento en el que de repente surgen enanos, magos y hadas y las casas de adobe se transforman en casas de mazapán y chocolate. La reina miraba complacida la perpleja actitud de Gina, daba vueltas en torno a ésta, barriendo con su faldón el polvillo acumulado en el piso.

—Voy a traerte un refresco —musitó Marie Antoinette y al punto destapó un pequeño refrigerador que había muy cerca y extrajo de él una jarra. Gina no sabía si tomar o no el vaso que le ofrecían.

—Bebe, es ponche y sé que te gustará porque lo hice *especialmente* para ti.

Quería rechazarlo, quería dejar la casa y fugarse por donde había venido, pero estaba muy lejos de la salida. Primero debía abandonar la habitación, atravesar el pasillo, llegar a la sala y quitar la falleba que Marie Antoinette le había puesto a la puerta. Su vacilación inquietó a la reina, quien casi la obligó a tomar el vaso. A su boca entró un líquido de sabor agradable, aunque nunca había probado nada igual. La reina sonrió. Gina siguió bebiendo hasta tomarlo todo, la reina volvió a servirle y Gina a tomar de nuevo después de una débil reticencia.

—¿Cuál quieres ponerte? —interrogó la única que siempre preguntaba, ofrecía, sugería, explicaba. Gina se limitaba a escuchar, obedecer, seguir instrucciones. Al principio dócilmente, porque la curiosidad no se había convertido en temor; luego oponiendo resistencia y finalmente abandonándose al momento, invadida de repente por una felicidad que deseaba compartir, sin importarle mucho si la reina era buena o mala, si el castigo de sus parientes sería peor que las sorpresas de Marie Antoinette.

—¿Cuál quieres ponerte? —repitió la voz. La pregunta era una tentación que Gina no quería evadir. En el fondo del arcón había cuanto podía imaginar para adornarse y entrar al mundo de la reina. Así, sólo así serían iguales, dejarían de ser dos seres distintos —uno de fantasía y el otro real— para penetrar ambos en un mundo de sueños. Había un vestido de Blancanieves que encontró demasiado ancho para su esmirriado cuerpo. Después extrajo lo que podía ser el atuendo de Cenicienta la noche del baile en que pierde la zapatilla. Era un traje fastuoso, lleno de escamas opacas que en una época habían sido brillantes y que ahora se adherían al tul penosamente. El tercero, de un rojo desvaído y caperuza deshilachada, la llenó de nostalgia. La reina seguía cada uno de los gestos de Gina, veía reflejarse en su cara el desaliento, la incertidumbre, la pasión de un sueño. Y entre un sueño y otro, ponía en manos de su invitada un vaso de ponche que ésta bebía ya sin reservas.

Iba amontonando los trajes junto al arcón; no quería disfrazarse de amazona ni bailarina oriental ni enfermera. Apilaba los vestidos, separándolos de los sombreros y accesorios de cada uno. Ya cansada, cesó de buscar, se apoyó en el arcón y estuvo cabizbaja unos instantes, tratando de recuperarse. La reina la dejaba hacer, no decía nada, permanecía allí con aquellos pálidos ojos azules, mirando la escena.

Adela volvió a llamar. Esta vez fueron dos las voces que penetraron por las rendijas de las ventanas hasta la habitación. También la madre de Gina se sumaba a la criada Adela en una búsqueda inútil. Marie Antoinette debía estarlas oyendo también, aunque su rostro no daba evidencias de ello. Gina empezaba a quedar presa de un entumecimiento que jamás había sentido. No tenía voluntad, le parecía que su cara estaba hinchada, que su cuerpo era de otra.

—Si no te decides —dijo la reina— tendré que ayudarte.

Siguió sacando disfraces con movimientos aletargados. El largo pelo de Gina interfería en la labor, se le metía en los ojos impidiéndole diferenciar las cosas que aún quedaban en el arcón. Entonces, un poco vencida por la fatiga, pronunció la primera frase desde su llegada:

—Ayúdeme usted, por favor.

Marie Antoinette se precipitó sobre el arcón y rápidamente localizó un vestido.

—Es el de Alicia —aseguró la reina— la del País de las Maravillas. ¡Qué hermoso traje!

Gina dejó caer el vaso, que rodó, manchando la polvorosa superficie del piso. La reina, ignorando lo que había ocurrido, se empeñaba, muy solícita, en desnudar a la visitante, con manos temblorosas que evidenciaban su codicia. "Primero tienes que desvestirte", decía en un tono grave que la traicionaba, sin poner ya el más mínimo cuidado en aflautar la voz. En la velocidad de su faena, arrancaba los botones del vestido de Gina, tratando de sacarlos de sus ojales a toda prisa. Ahora las frases eran claras y no dejaban lugar a dudas. La reina adulaba, profería términos dulzones y procaces que acompañaba de caricias sofocantes, de besos que iban dejando en su piel una baba acre. "Tienes el pelo precioso", la oía Gina susurrar, y aquel tufillo de tabaco y licor que aguijoneaba su nariz se hundía en los poros, en todos los orificios de su cuerpo.

Tenía la espalda desnuda. La reina le había zafado la cinta que le ceñía el vestido al talle. Dejó escapar un ahogado gemido de alegría y placer cuando vio el cuerpecito desnudo. Las manos de Marie Antoinette recorrían las líneas corporales de esa muchachita delgada, tierna, huérfana de estribaciones voluptuosas, un cuerpecito cuyos atributos femeniles iniciaban su floración en caderas y pechos. Gina iba cayendo en una pesada modorra. Luchaba por mantenerse despierta, pero sentía que todo iba quedándose a oscuras y en el pasillo empezaban a descolgarse de las paredes los estrafalarios personajes de los cuadros.

La reina la llevó a una cama grande y mullida. Le sacó los zapatos, las medias, las bragas. Gina no se opuso, estaba aturdida, completamente desnuda sobre la cama, ya sin fuerzas para pensar o moverse. Sólo sus oídos permanecían en actividad; aún podía reconocer las voces de Adela, quien la llamaba con insistencia, y la de su madre, alterada por la angustia. Marie Antoinette, entre tanto, se despojaba de los atavíos que la estorbaban. Habían cumplido su función y eran innecesarios. Se arrancó la enmarañada cabellera, se quitó el vestido, el tieso miriñaque que ahuecaba su faldón señorial, los tacones antiguos. Gina no podía sentir el rumor de las telas, ya no podía ver a Marie Antoinette —palpitante como un animal en celo— devolverse su verdadera identidad, mostrar su pecho peludo, los músculos de su cuerpo rijoso, sus piernas largas y flacas, caer en precipitado vuelo sobre ella, como una lanza arrojada al centro mismo de un cuerpo encadenado.

Lulú
o
la
metamorfosis

♦♦♦

Cuando cae la noche todo se confunde, no hay contornos precisos ni caras definidas, sino aristas borrosas, masas informes, sombras que se desplazan de un lugar a otro. Lulú lo sabe y se prepara para esta gran noche de carnaval, en un febrero esperado con impaciencia, entre ritos minúsculos, ahorros insignificantes, impulsos contenidos, el afán de la venta de dulces y el canturreo con que pregona su mercancía. Ahí está la canasta, sobre la mesa cubierta por un mantelito floreado, todavía con restos de piñonates y, medio derretidos por el sol, cristales de guayaba en celofán y otras sobras del trabajo diario en recorridos por oficinas a las que acude muy temprano

De: *Las máscaras de la seducción.*

para entregar el dulce de naranja en almíbar a la rechoncha secretaria del Ayuntamiento, el eterno pudín de pan a la archivista de la Corporación, los tarticos de ciruela a la rubia oxigenada de Rentas Internas, las alegrías al pimpollo de chofer del Bagrícola, aquel que inspirado le dice: "Lulú, negra, nadie hace estos dulces mejor que tú". Y ella se queda mirándolo, derretida, incrédula, con una mano picarona sobre los labios risueños y suspira, trina, aletea unas pestañas rizadas y sale meneando su trasero chiquito, aprisionado en el fuerte azul y diciendo, ya sin mirarlo: "¡Ay, qué niño tan mentiroso este Guelo!", haciendo caso omiso de las risas que revientan a sus espaldas.

Al salir sintió que la brisa caliente venía cargada de humedad, arrastraba nubes, levantaba papeles y polvo de la calle, le cosquilleaba las piernas y la obligaba a pensar de nuevo si valía la pena ir al parque para arruinar bajo un aguacero lo que tanto trabajo le había costado. Puso el candado a la puerta y echó a andar con paso torpe. En el trayecto mostraba a todos los resultados de su labor, se hacía la sorda a los comentarios necios, les sonreía a quienes apreciaban el arrebol de sus mejillas, la exuberancia del vestido, el brillo de sus joyas de oropel. Las calles transformadas por el hervidero se habían convertido en la prolongación de una gran fiesta, un jolgorio de patio que volcaba mujeres y hombres tiznados a las aceras, con antifaces y atuendos estrambóticos y contagiosos chillidos de alegría. Ella seguía falsamente majestuosa, traicionada por tropezones y eructos, el meneo agitado de sus caderas, el aspaviento de unas manos excesivamente alhajadas, los nerviosos giros de la cabeza, los ojillos inquietos y averiguadores.

Ahora debe iniciar la ceremonia. No importa cuánto tiempo demore en este cambio que ha de convertirla en la rumbera más despampanante del carnaval. Su traje planchado, listo, cantarín entre la corte de festones y arandelas, cuelga de la percha, casi baila con los zapatos de tiritas, las pulseras rutilantes, los collares de bisutería irisada, los alargados pendientes de engañoso brillo y todo lo que engalanaba a las bailarinas famosas que Lulú no se cansaba de ir a ver al Cine Julia, las mismas que le sirvieron de modelo para hacer su vestido, el turbante que cubrirá su cabeza color candela, las rosas plásticas que ha cosido a sus zapatos, los tonos de ese maquillaje lujuriante que reserva para hoy.

El parque estaba repleto de gente y vendedores de cuanto bocadillo pudiera satisfacer los caprichos de los enmascarados que se pavoneaban en las vías interiores del lugar, al tiempo que presenciaban la actuación de la banda del municipio. Desde la glorieta volaba la música de un danzón que invadía de ensueños a los viejos, haciéndoles evocar una época definitivamente muerta. Ella hizo su entrada con una inocultable torpeza que parecía crecer a medida que aumentaban los efectos de la cerveza ingerida. Caminaba por el centro de la acera principal, moviendo los festones de una culebreante cola multicolor. De los bancos laterales, ocupa-

dos por extraños personajes, empezaron a salir pitadas insidiosas y patochadas que la retaban a erguir demasiado la cabeza, exponiéndola a nuevos tropezones con los mosaicos levantados por las raíces de los árboles.

Lulú yace sobre la cama como una hoja húmeda y porosa. Calma su ansiedad antes de iniciar el rito de belleza. Parece tranquila aunque su cuerpo se agita sobre la sábana, su piel vibra al contacto del algodón blanco y limpio. Toma el espejo de mano y se mira. Su cara muestra la desazón que la inquieta. Deja el espejo, enciende la radio y al instante explota la voz amelcochada de un locutor que aconseja descansos breves entre un quehacer y otro, la importancia del relax para mantenerse joven y bella, señora ama de casa, los beneficios de esa crema limpiadora que compró y que conserva su rostro terso como el de una muñeca de loza aunque no pueda blanquear su piel retinta. Por eso no se disfraza de manola o campesina holandesa. Quién ha visto, Lulú misma lo dice, europeas prietas, bembonas, de pelo planchado y nariz de albóndiga. Lo que no tienen holandesas ni españolas es esa cinturita de avispa que ella exhibe, esas piernas largas y fuertes que ejercita cada día, yendo de una oficina a otra, subiendo y bajando escaleras, cruzando pasillos, pidiendo permiso para dejar encargos, agachándose para apoyar la canasta en algún sitio y vender un coconete al transeúnte apurado, volver a colocarla sobre el babonuco que corona su cabeza y seguir su camino con una vieja canción de Lola Flores en los labios.

Pese a las carcajadas del público, ella avanzó hacia la glorieta y con pasos cojitrancos trató de subir a conversar con el director de la banda. Los silbidos aumentaban a cada paso suyo sobre los escalones gastados. La gente alternó la algarabía inicial con burlas crueles y provocativas. Un muchacho casi la hizo caer al pisarle la cola del vestido. Ella se dio vuelta y, aguijoneada por la ira, escupió una frase que ahogaron platillos y tímpanos en el crescendo final de una pieza. Levantó un puño amenazante contra el gentío, agarró la cola, se la enrolló en un brazo y prosiguió la ascensión a la glorieta.

Toma la afeitadora, enjabona sus brazos y piernas y empieza a rapar los pelitos que han crecido en estos días. Hay que dejar la piel sin rastro de vellos. La navaja se desplaza sobre un brazo al compás de una salsa chillona transmitida por la radio. Los pelos se escurren por el desagüe del lavabo y luego el brazo reluce, sedoso, todavía con rayas de jabón mentolado. Las piernas son territorios más difíciles, se resisten a la acción depiladora de la navaja, son obstáculos en que encalla la afeitadora produciendo diminutos cortes secos, de intenso ardor como el que causa la garra de un gato. Cambia la navaja al aparato de afeitar y un filo nuevo remueve los pelos, vence la resistencia de su dureza. Ahora son dos piernas elásticas, lisas, jaspeadas de espuma blanca, piernas que podrán entrar cómodamente en las redes de las medias de nilón.

El director la miró de arriba abajo y no pudo contener una sonrisa de mofa y compasión. Asintió con la cabeza y le prometió que después del pa-sodoble sus muchachos tocarían la rumba que so-licitaba. Ella dio las gracias extendiendo una ma-no quebradiza e hizo una reverencia larga y cere-moniosa. Luego el director se dirigió a los músi-cos, levantó las manos e inició el próximo núme-ro del concierto. Ella comenzó a descender los pel-daños entre los aires marciales de una marcha ope-rática.

Va a la nevera, saca una cerveza, la destapa, intro-duce el orificio de la botella en su boca, sorbe el líqui-do amarillo, lo bebe hasta que el frío la aturde y le impide seguir tragando. La melodía de un bolero le ensarta el cuerpo, la hace olvidar por un momento la afeitadora y lo que falta del proceso. Lulú cierra los ojos y piensa en Ciro. El estará en el parque vendien-do maní cuando ella aparezca vestida de rumbera, mezclándose con falsas damas y engallados caballeros de trajes alquilados para la ocasión. Ella pondrá la pi-mienta que haga falta, irá a la glorieta y pedirá al di-rector de la banda que toque algo caliente y luego bai-lará, se robará el show. Si Ciro se acerca lo invitará a un trago, sabe que aceptará, que vendrá luego con ella a esta habitación porque él necesita dinero y cariño y quién si no ella para dárselo, como siempre lo ha hecho.

Durante el pasodoble ella vio a su marido entre la multitud. El hacía su trabajo diario, ajeno al bulli-cio de la muchedumbre y los ruidos de los autos que ganaban la cuesta de la ancha avenida, se de-tenían frente al parque o daban bocinazos a los peatones distraídos. El alcohol se le agolpó en la cabeza, sintió que las piernas le flaqueaban y tembló ante la posibilidad de un encuentro con su hombre. Por un instante dudó. Era preferible que él tratara de llegar a ella primero. Sacó un estuche de entre los senos y en el espejito vio su propia cara cubierta de cristales de fino sudor que empezaban a correrle el maquillaje. Con la pequeña borla esparció polvo sobre su rostro.

La navaja indecisa se mueve bajo la axila, despega un brote de cerdas duras. Más espuma, más agua, otra navaja y van tres. Los pelos ceden, el cuerpo va quedando lampiño como el de una muchachita de quince, sólo falta el vientre para que todo luzca igual que la superficie de una caoba bruñida, sin rugosidades o asperezas que provoquen el rechazo, desalienten las caricias de unas manos robustas que comprueben su condición verdadera, la escandalosa contradicción de su cuerpo.

La rumba estalló cuando ella guardaba el estuche. De inmediato corrió hasta la glorieta y empezó a bailar, rodeada del público que se había arremolinado a presenciar el espectáculo. Su cuerpo se movía sin frenos; los pies chispeaban en los mosaicos; las piernas, alargadas por los altos tacones, se disparaban como locas; las caderas se retorcían; los brazos llenos de pulseras giraban, trazaban círculos en el aire; la cabeza seguía alegremente el ritmo de la música. En medio del alocado griterío, ella bailaba con los ojos cerrados y parecía sumida en un trance brutal. Avanzaba y retrocedía, agitaba los hombros desnudos, se ponía de rodillas y luego ascendía completamente descalza. Sus dos

ñames, liberados por fin de los tacones, se apode-
raban del pavimento, zigzagueaban, la llenaban de
placer.

Las cejas están más habituadas al castigo de las
pinzas. Los pelitos hirsutos se desprenden de su centro raigal al paso nervioso de la pequeña mandíbula
metálica. Cada pelo desprendido le arranca una lágri-
ma a Lulú. Sus ojos acuosos observan cómo se hincha
la carne recién mondada y desaparece la hilera de puntos negros que antes eran sus cejas, dejando un espacio nítido para una raya perfecta de lápiz especial.

Ella seguía moviéndose, totalmente poseída por la
locura de la danza. Entonces irrumpieron los pira-
tas, vociferando, abriéndose paso a empujones en-
tre el tumulto. Capitaneaba el grupo un Sir Fran-
cis Drake demasiado barrigón y enano para con-
vencer a nadie. Lanzaban bravatas a la multitud,
amenazándola con espadas de palo, cuchillos de ho-
jalata, estacas y unas bocas desdentadas de alien-
tos mefíticos. La bailarina, enfurecida porque le
habían robado la atención del público, saltó sobre
los intrusos con un grito salvaje. La rumba llegaba
ya a su final, precipitado por el director de la ban-
da, que sentía demasiado cerca el alboroto de la
trifulca.

Lulú esparce la crema por su cuerpo y la piel retinta, achocolatada, brilla, absorbe glotonamente el
aceite de la sustancia limpiadora. Su cuerpo flexible
tiembla al calor del masaje, palpita la epidermis rasu-
rada por la caricia de su propia mano que ahora des-

ciende hasta las ingles y se detiene vacilante y ansiosa al pie de un apéndice gigante que la mano aprieta y abandona en súbitas acometidas, intermitentemente, como si de la furia pasara al arrepentimiento. Lulú se tiende en la cama, engulle el resto de cerveza, cierra los ojos y esconde la cabeza bajo la almohada. Le laten las sienes, le falta aire, la mano sublevada prosigue su faena, la cara de Ciro emerge del fondo de un río, tiene el cuerpo cubierto de gotas de agua pero no está muerto sino que juega con el líquido y dice adiós con una mano victoriosa. Se zambulle otra vez por un instante, la mano sube y baja, resbala sobre el falo graso-so, Ciro retorna a la superficie y esta vez le hace señas a Lulú para que se arroje, quiere que ella lo acompañe. Lulú mete un pie en el agua tibia, luego deja caer todo el cuerpo y el río se la traga. A ella le parece que va a morir, pero Ciro la rescata, la alza en vilo como si no pudiera sostenerla o encontrar un punto de apoyo bajo el agua. Luego se la lleva a un lugar seguro. Sube y baja, embiste con fuerza, el miembro congestionado al máximo, ya se aproxima el final. Lulú siente muy cerca el cuerpo caliente de Ciro, contempla su cara a la luz del sol, sus alientos se confunden, ella se aferra al cuello equino del hombre cuando siente que él pone una mano en la verga que ahora la mano de ella agarra compulsivamente y Lulú estalla en gritos obscenos que la almohada silencia para que sólo ella presencie el estallido del volcán.

De todos los rincones del parque surgieron excita-
dos personajes que se sumaron a la escena de la pe-

lea. Saltaron diablillos con punzones de caucho, la Muerte seguía a un Lotario casi desnudo, de otro lado emergían una comparsa carioca, varios gladia- dores portando cotas y lanzas, Don Quijote enca- ramado en un burro y, mezclados en confusa pro- cesión, magos, soldados y campesinos. Las brujas aparecieron en el momento menos esperado, blan- diendo escobas que usaban como garrotes. La bai- larina se aferraba a las greñas de Drake, hincaba sus dientes en el blando pescuezo del corsario. Habían caído al suelo, rodeados por la multitud que estimulaba la contienda. De vez en cuando caían también otros, enardecidos por el ejemplo de la bailarina y el corsario. No muy lejos de éstos, un guloya estrangulaba a dos hombres-monos y un diablo cojuelo, colmado de sonajas, cintas y espejitos, remataba a vejigazos a una monja hom- bruna que gruñía en un matorral.

Pronto crece en ella una laxitud inevitable, los ten- dones ceden, los músculos entran en una etapa de flo- jera obligatoria que no quiere que acabe nunca. De repente la carne se amansa, se debilitan las extremida- des, la piel exuda los humores del deseo satisfecho, se apagan los fogones que alimentan sus fantasías. La imagen de Ciro en el río desaparece también, despla- zada por una realidad cercana y familiar. La cabeza de Lulú emerge del fondo de la almohada: ahí están la mesa con su mantel floreado, la canasta por donde trepan hormigas devoradas por la gula, la nevera de afónico runrún, el reloj despertador, el lavabo todavía chorreando agua, el radio de pilas aún encendido, unos paisajes sacados de almanaques viejos y un armario de puertas abiertas donde sigue impasible el regio vestido de esta noche de carnaval. Lulú hunde la cabeza en la almohada mientras se limpia los gelatinosos restos de la erupción y poco a poco reinicia el inventario de lo que ha hecho y calcula lo que todavía le falta por hacer. Da un salto y abre una gaveta en la parte inferior del armario. Revuelve la ropa y saca unos panties en los que introduce sus largas piernas. El sexo queda recogido en una bolsa a la que luego presiona con unas medias-pantalones. Resuelto el problema vital, su figura andrógina se mueve de un lado a otro. Saca los instrumentos del maquillaje, se acomoda por fin en una banqueta frente al espejo del armario.

Con el vestido desgarrado, sin turbante, con las pestañas desprendidas, la bailarina continuaba aferrada al corsario. La banda se había dispersado. Los músicos abandonaron la glorieta con los instrumentos en alto, protegiéndolos de daños irreparables. El director trató de calmar los ánimos y acabar la riña pero se lo impidieron dos arlequines traviesos que lo sujetaron por los brazos y bailaron con él por todo el parque.

La deslumbra esa fulgurante capa de crema que sus dedos colocan en las mejillas, el mentón y la frente. La mutación de su cara se mezcla con recuerdos que son como descargas eléctricas lejanas e indeseables. Como en un sueño, Lulú percibe el retintín en la voz de Guelo cuando le dice "Negra, nadie hace estos dulces mejor que tú", y luego toma las alegrías y sonríe con sus dientes enchapados en oro. Unos brochazos de fucsina sobre los pómulos. Y el día que tropezó y la canasta rodó en el rellano de una escalera y los dulces se desparramaron en los peldaños. Dos líneas finas sobre los párpados cansados, un trazo de sombra azul en la parte donde nacen las pestañas, más arriba una raya ancha y plateada en un leve toque que llega hasta las cejas. Aquella tarde en que fatigada volvía a casa y se cruzó con Ciro en el camino y aunque él la vio no quiso saludarla o sintió vergüenza porque viró la cara y siguió vendiendo maní, sin hacer caso de los cajuiles en pasta que ella le traía. Los firmes movimientos del pintalabios sobre la jeta enorme, movimientos de rabia como aquéllos con que echó al zafacón la pasta de cajuiles para que se la comieran las moscas y las ratas, movimientos que dejan los labios rojísimos y mantecosos. O aquel día en que la persiguieron unos palomos voceándole "loca", "pájaro malo", tirándole cáscaras y bagazos de naranja y todo porque ella no había querido fiarles unos dulces, gritándoles que "ningún pendejo va a vivir de mí". Un rímel espeso cubre sus pestañas, volviéndolas dos largas escobillas negras. Y se encerró en la habitación, cuchillo en mano por si alguno se atrevía a violar la puerta. El espejo refleja una cara de colores encendidos como requiere la ocasión. "Al que entre aquí le saco las tripas, coño." Una cara de rumbera tropical. "Lo juro por mi madre santísima." Una cara muy coqueta. Y luego la multitud se dispersaba entre risotadas y amenazas. Una cara de tamborera arrebatada. Ahora se pone de pie, destapa otra cerveza, traga la espuma burbujeante que la hace olvidar los malos ratos.

Las sillas plegadizas volaban de la glorieta a la multitud, catapultadas por unos bucaneros y varios hombres con caretas de chivo. La confusión creció cuando los espectadores del Atenas comenzaron a salir del cine. Las trompadas y los porrazos se convertían en una batalla de piedras y botellas, dividida en tres o cuatro bandos feroces. La bailarina quiso zafarse de las manos de Drake que atornillaban su fino cuello de gaviota. Ella hundió las uñas en los ojos del diminuto corsario y pudo finalmente escapar de las manotas que intentaban asfixiarla.

Los senos postizos se acomodan a la caja torácica. Lulú trata de colocarlos en su justo lugar. Mueve los promontorios de colcha espuma a izquierda y derecha, los acomoda en el punto que juzga equidistante del centro del pecho. La tercera cerveza la hace tremblequear, avanzar torpemente por la habitación, buscando zapatos y pulseras para la culminación del rito. Descuelga el vestido, lo enrosca como una boa desde sus pies hacia el talle y de allí hasta los hombros. La entusiasma esa corola de arandelas que ciñe su cuerpo a medida que los dientes del cierre se sueldan en un abrazo que parece definitivo.

La muchedumbre rugía. Los bandos continuaban su andanada de piedras y botellas. Los cascos negros brotaron de la estación policial y en cuestión de segundos cruzaron la José Martí y penetraron al parque. Ella trató de hallar a su hombre en medio de la confusión, pero el desbarajuste era tan grande que sólo vio enmascarados histéricos, fugi-

tivos que huían de las macanas apaciguadoras. Empezaron a caer unos goterones que pronto se convirtieron en fuerte chaparrón. Ella sintió un golpe en la espalda y quiso escapar. El policía la agarró por un brazo y al tiempo que descargaba otros porrazos sobre el cuerpo empapado de la bailarina, la forzaba a sumarse al grupo de presos que en marcha obligada se dirigía a la estación.

"Ahora sí", dice Lulú frente al espejo, alzando la voz para ser oída, "nadie puede con este caché y este sabor. Yo quiero ver la loca que se me ponga al lado, yo quiero verla." Y se introduce un estuche entre los senos postizos, se perfuma y sale de la habitación con una expresión gozosa que la ilumina, la hace flotar en el espacio.

Ruidos

♦ ♦ ♦

Vivo solo en un edificio de apartamentos. Al mudarme aquí no pensé que mi vida cambiaría tan drásticamente. Nunca, ni por un instante, imaginé los trastornos que iban a producirse en mi existencia de un modo vertiginoso e inconcebible.

Empezaré por decir que en los primeros días lo que más echaba de menos era mi antigua placidez, el armonioso sistema de la casa que habitaba. Allí podía escuchar con agrado los insignificantes sonidos que se producían en los alrededores y en el jardín y ni hablar de esos familiares acentos de las puertas al abrirse o cerrarse, el nocturno bisbiseo de la brisa en las ventanas, el sincrónico gotear de los grifos dañados.

De: *Las máscaras de la seducción.*

Al llegar a este edificio perdí la tranquilidad. Ahora sólo oigo ruidos infernales día y noche, escandaloso movimiento de camiones y autobuses gigantescos, apresurada traslación de carros y peatones, ruidos de toda índole, mucho ruido, mucho ruido, mucho ruido...

Traté de impedir que la bulla ocupara mi apartamento como una intrusa a la que no le importan las groserías de un inquilino como yo, tan enemigo del alboroto y los visitantes inoportunos. Primero coloqué cortinas y biombos, después instalé un aire acondicionado y terminé taponándome los oídos para aislarme por completo de la fragorosa impertinencia de estos obstinados adversarios, pero hasta el momento todos mis esfuerzos han resultado inútiles.

Pasaba el día en el trabajo y por eso notaba menos los estragos de mi odiosa condición. Al regresar a casa en la tarde empezaba a sufrir las consecuencias del ruido, que iba apagándose a medida que las horas transcurrían, mientras yo, afanado en prepararme la cena o fregar unos platos sucios del día anterior, intentaba ignorarlo con los tapones debidamente colocados en los oídos.

Durante las primeras semanas pensé que podría adaptarme a la nueva situación, pues era para mí absolutamente imprescindible vivir en un lugar cercano al trabajo y el apartamento me ofrecía ésa y otras comodidades, tales como tener clínica y farmacia a la vuelta de la esquina y estar a un paso de cines y restaurantes. Me equivoqué. Fui llenándome de irritación. Las jaquecas iniciaron su acción devastadora y al final de cada día terminaba postrado en la cama, sin poder conciliar el sueño, extenuado, incapaz de pensar en algo interesante. A veces el ruido se tornaba tan insoportable que me hacía creer que iba a volverme loco. Si hallaba un segundo de sosiego, muy pronto descubría el peligro de esa brevísima tregua, porque no tardaba en estremecerme la múltiple detonación de unas motocicletas que se precipitaban hacia el malecón por la avenida, activadas por un desenfreno que hoy día nadie puede controlar.

Una tarde encontré la forma de abstraerme de los ruidos, de asordinarlos, de escucharlos apagados, como si yo me encontrase lejos y no me afectaran en lo más mínimo. Desde mi ventana observaba furtivamente a mis vecinos de enfrente —los del otro edificio—, participaba de sus actividades y así mitigaba la soledad y el agobio. Debido a mi carácter huraño jamás entablaba conversación con nadie cuando llegaba del trabajo, ni siquiera con las personas que encontraba en las escaleras del edificio en que vivo. En cambio, disfrutaba de la contemplación de esas escenas domésticas a las que fui haciéndome adicto sin darme cuenta. Algunos de los inquilinos se convirtieron en mi familia. Conocía sus movimientos, sus acciones, sus peleas, sus ratos de amor. Las ventanas de los otros están relativamente próximas a la mía; pese a ello compré unos prismáticos para espiar a mis anchas a este grupo de íntimos desconocidos que ha llegado a ser parte de mí mismo.

La ventana de la izquierda me llevaba a la dulce vida privada de una pareja. Durante el día el piso permanecía cerrado porque ambos estaban en la oficina y no tenían empleada ni hijos. La curiosidad me apremiaba a llegar temprano a casa e inmediatamente me colocaba en un buen lugar de observación. La mujer entraba a eso de las cinco y media, se desnudaba rápidamente y empezaba a realizar los quehaceres para que su hombre encontrara limpias las habitaciones y lista la comida. Era algo gorda; joven, eso sí, y muy dinámica; no se sentaba nunca, parecía una abeja en actividad constante. Cuando llegaba su hombre, ella lo besaba y se quedaban abrazados un momento. Luego él ponía sobre una mesa el periódico que traía bajo el brazo y se tiraba en la cama, lleno de apetitos impostergables, llamando a su mujer con las manos extendidas. Ella lo miraba golosa, vacilando entre ocuparse de la olla que había dejado en la estufa y el placer que le prometía su amado y sin pensarlo mucho corría una delgada cortina y se echaba sobre su hombre. El visillo me nublaba la imagen. A prima noche y con las luces sin encender aún era muy poco lo que podía ver a través del fino velo que la mujer interponía entre ellos y yo. Me complacía el movimiento de aquellos cuerpos en íntima comunicación, aquella alegre fiesta de la carne sudorosa y tensa, adivinada más que efectivamente vista desde mi puesto de mira.

La ventana de al lado descubría el mundo de una mujer solitaria, en cierto modo única, un tanto exótica en su apariencia física. Las paredes de su habitación estaban decoradas con dibujos insólitos, formas retorcidas y lascivas que simulaban un universo vegetal que la mujer había creado con sus propias manos.

La pintora daba la impresión de estar sumergida en una espesa selva de colores y líneas en la que ella, ante un caballete, se ponía a trabajar sin descanso. A veces desaparecía de mi vista y reaparecía más tarde con un jarrito que se llevaba a los labios, entre un trazo y otro. Muy tarde en la noche apagaba la luz y el cuarto en penumbras se poblaba de vegetales móviles, que despertaban de su letargo e iniciaban una ardiente danza alrededor de la cama de esta artista angulosa, desaliñada, de pelo claro y nariz imperativa, que no cesaba de fumar cuando trabajaba en sus pinturas.

Sí, parecía que era la única forma de evitar que los ruidos me enloquecieran. Al espiar a los vecinos del edificio de al lado, me alejaba del mundo, me introducía en el alma de los otros, como en la niebla de un sueño en el que todo es verdad y mentira al mismo tiempo. Podía incluso suponer sus acciones cuando no los veía, si habían ido al baño o salido a la esquina a comprar un periódico. Ya calculaba con bastante precisión cuándo volverían, en qué momento encenderían o apagarían la luz, a qué hora comerían. Pero también es rigurosamente cierto que a veces me descubría en la cama, todavía con la ropa puesta, como si despertara de un letargo de días. Entonces pensaba que aquellas curiosas escenas no eran más que un extraño sueño, un modo de acomodarme a la nueva realidad.

El viejo vivía en otro de los apartamentos y todas las noches se ponía a trabajar, después que empezaban a encenderse las luces en el resto del edificio. El viejo no recibía visitas y era el más tranquilo de los in-

quilinos en asuntos de hábitos. Se levantaba temprano, mucho antes que yo —que ya no tenía horas fijas
para espiar a la gente—, hacía su cama, se lavaba, se
afeitaba, ordenaba cuidadosamente el cuarto y luego
preparaba café y se sentaba en una mecedora a leer
el diario. Se marchaba a las siete de la mañana cada
día y no regresaba hasta las seis o siete de la noche,
reflejando fatiga, preocupación, deseos de descansar.
En lugar de acostarse, encendía una lámpara y sentado a la mesa empezaba a escribir con un lápiz amarillo.

El conjunto más desagradable lo formaban un
hombre, su mujer y un niño de aproximadamente tres
años que ponía la casa patas arriba y llevaba a su madre al borde de la histeria. Era la única que no salía de
su vivienda en todo el día, dedicándose al cuidado del
inquieto hijo. Tenía que alimentarlo, bañarlo y entre-
tenerlo. El televisor no era suficiente para completar
las extenuantes pantomimas que la madre ejecutaba
para divertir al niño y aliviar los efectos del encierro.
En la noche llegaba el hombre, casi siempre a pelear
con la mujer o entregarse a la bebida, sentado en un
sillón negro en el que oía la radio, sordo a los recla-
mos del niño. Este me descubrió espiándolos en una
ocasión y les dijo a sus padres (no necesitaba estar
allí para saber lo que decía: me bastaba ver su expresión de sorpresa, su mano señalándome insistentemen-
te) que había un hombre del otro lado, mirándolos
desde la ventana. Sentí frío, temor de que me descu-
brieran y llamaran a la policía. Me oculté detrás de la
pared y después que pasó el peligro reaparecí caute-
loso. Mis vecinos habían cerrado la ventana en señal

de disgusto. Desde entonces sólo a medias tenía acceso a ese apartamento, porque el hombre colocó una tabla que me impedía observar todo lo que ocurría allí. Unicamente veía cabezas, mitades de cuadros, la antena del televisor, al niño nunca.

Por último, podía seguir los movimientos de un hombre que vivía solo en el extremo derecho del edificio. Pasaba horas haciendo ejercicios con pesas, en un ritual parsimonioso que no alteraba nunca. Cada día a la misma hora el hombre aparecía en la ventana y comenzaba a flexionar los músculos con pesas de distintos tamaños. Su cuerpo transpiraba mucho; desde lejos parecía estar tomando un baño turco. En los días de calor yo pensaba que aquel gimnasta iba a derretirse en medio del esfuerzo.

Hasta este momento no he dicho lo más importante de mi experiencia de mirón. Mirar se convirtió en un vicio irresistible. Cuando no estaba brechando, el ruido volvía a apoderarse del apartamento y yo regresaba a mi anterior estado de desesperación. Mi capacidad de trabajo había caído a unos niveles tan bajos que mi jefe, después de amonestarme en varias oportunidades, me comunicó que la compañía había decidido despedirme por "conveniencia del servicio". Me entregó un cheque y me dijo que podía marcharme en seguida si así lo deseaba, que me fuera a descansar. Yo recibí el papel con un gesto impasible. El dinero de la liquidación me daría para vivir un tiempo, pero yo no tenía intenciones de buscar nuevo trabajo ni abandonar mi apartamento como no fuera para proveerme de lo necesario. Mi obsesión permanente eran los otros, mis vecinos. Sentía la necesidad de penetrar más en sus vidas, compartir de cerca su intimidad, suplantarlos en sus acciones, modificar sus defectos, entablar con ellos un diálogo permanente que hiciera menos salvaje mi soledad.

Contar la forma en que conseguí la llave maestra del edificio vecino podría resultar increíble. Pero lo cierto es que para llegar al interior de esos apartamentos sin forzar las cerraduras tenía que hacerme de esa llave a como diera lugar. El conserje resultó ser un viejo demasiado campechano y yo supe, con poco esfuerzo, ganar su amistad. Me acerqué a él con pretextos inocentes, preguntándole los nombres de mis víctimas (¿debería llamarlas así?), diciéndole que era vendedor de enciclopedias. Un día le regalé un paquete de cigarros y mostró gran alegría, porque lo había tomado en cuenta —así dijo—, le demostraba afecto, cosa muy rara en estos tiempos. Después hice lo que me dio la gana. Nos poníamos a jugar a las cartas en su habitación y bebíamos aguardiente. Su debilidad por el alcohol hizo más fácil mi trabajo. Aprovechando que dormitaba, una tarde le robé la llave y corrí a sacarle copia. Pude incluso devolvérsela sin que se percatara.

Mis entradas y salidas ya no despertaban sospechas. Era amigo del conserje y mi trabajo no podía ser más positivo: llevar la cultura a los demás. La primera vez que entré a uno de los apartamentos lo hice con extrema precaución. Decidí visitar el de la pareja cuando se encontrara fuera. Así pude formarme una clara idea de lo que tenía: la disposición de los muebles, la intensidad del ruido y de la luz en aquel mundo íntimo que yo invadía en secreto. Otro día aproveché la ausencia de la pintora y fui a su estudio. Quedé impresionado con los dibujos de las paredes. Me senté en un sillón y pasé un buen rato mirando cómo las formas cambiaban o parecían moverse ante mis ojos. El apartamento estaba lleno de cuadros. Un olor a pintura, aguarrás y colillas enrarecía la atmósfera. En el caballete, cubierto por un paño, había un cuadro. La curiosidad me llevó hasta el centro de la habitación. Recibí un fuerte impacto al encontrar mi propio retrato esbozado en la tela. Era yo, de pie junto a la ventana, mirando fijamente hacia ninguna parte, con una expresión confusa y melancólica y los ojos extraviados, como los ojos de un ciego que no mira a ninguna parte. Sentí realmente miedo. No sabría explicar por qué, pero tenía la sensación de haber sido descubierto por la pintora desde el principio. Sin embargo, no recordaba que ella hubiese mirado hacia mi apartamento. Permanecía horas trabajando sin acercarse a la ventana. Aún así, yo era el que ella estaba pintando; yo, rodeado de ramas de árboles sombríos y ella observándome al fondo del cuadro. No pude soportar aquello por mucho tiempo. Cubrí de nuevo el cuadro, lo quité del caballete y me lo llevé a mi apartamento. Ahora tengo en mi refugio muchos objetos de mis vecinos: mi propio retrato, un reloj de pared, una pesa de hacer ejercicios, una lamparita en forma de payaso, un jarrón, banderines, una pelota de fútbol, lapiceros. Nadie ha venido a reclamar sus pertenencias. Me adueñé de cosas que no eran mías y sus propietarios no decían nada, o sea, que aceptaban mis pequeños hurtos como algo natural.

Entraba y salía de aquellos apartamentos cuando me daba la gana, aunque no lo hacía cuando mis vecinos estaban allí, comiendo, durmiendo, haciendo el amor, sino cuando podía actuar con entera libertad. Temía que me atraparan, me daban pánico las consecuencias de mi incontrolable delito. Al apartamento del niño fui pocas veces. Odio el olor a grasa y orines, que es lo único que se respira en aquel ambiente. El del gimnasta no me gustó, no había más que pesas, bicicletas estacionarias y otros artefactos deplorables, aparte de que el tipo casi me descubre una mañana en que había olvidado algo y regresó a buscarlo. Tuve que meterme en un armario y esperar a que se marchara para salir de mi escondite. Donde mejor me he sentido es en el apartamento de la pintora. Voy siempre que me lo permiten las circunstancias. Paso mucho tiempo contemplando las paredes, mirando los cuadros, escrutando lo que ella pinta. Después que robé mi retrato, ella se puso a hacer un paisaje sin figuras humanas.

En el apartamento del viejo fui testigo de revelaciones alarmantes. Es un espacio muy ordenado donde cada cosa parece ocupar su sitio desde siempre; es como si nunca hubiese movido nada de lugar. Pasé unos minutos en la mecedora, hojeé el periódico, vi muchos diccionarios y propaganda de la que usan los vendedores de enciclopedias (así se ganaba el viejo la vida, vendiendo enciclopedias) y en la mesa encontré un cuaderno y el lápiz amarillo que usa todas las noches, sin apartar los ojos del papel. Había un escrito. No era una carta ni nada por el estilo. Tampoco le había puesto título. Leí el primer párrafo: "Vivo solo en un edificio de apartamentos. Al mudarme aquí no pensé que mi vida cambiaría tan drásticamente. Nunca, ni por un instante, imaginé los trastornos que iban a producirse en mi existencia de un modo vertiginoso e inconcebible".

Seguí leyendo, con avidez, atropelladamente. Cada párrafo revelaba parte de mi propia tragedia cotidiana. Se describían los ruidos, los infernales ruidos que estaban acabándome, la forma en que lograba aliviar mi suplicio, cómo me convertía en empedernido fisgón y hacía impunes robos a los vecinos. Entonces me di cuenta de que el viejo lo sabía todo, absolutamente todo. Había seguido mis pasos o inventaba una historia sobre un sujeto que no puede resistir el ruido y, desesperado, termina refugiándose en un mundo de fantasías. Pero la historia estaba inconclusa, detenida en el instante en que el mirón penetra al apartamento del viejo y se pone a revisar un manuscrito hallado en una mesa.

Quedé apabullado, no sabía realmente qué pensar. Me levanté de la mesa y fui hasta la ventana. La tarde agonizaba y el viejo no regresaría hasta las siete. Era una tarde particularmente oscura, sin sol, con un cielo nublado que hacía más grises los grises del edificio y ensombrecía los interiores de las casas. Desde allí vi mi apartamento y no quise dar crédito a lo que mis ojos veían. Estaban todos reunidos, celebrando algo, confundidos en alegre conciliábulo. El gimnasta levantaba un vaso, brindaba, mostraba sus hinchados músculos, alzándose sobre los demás con formidable superioridad. La pareja, felicísima, brindaba también. Hasta la familia del niño se encontraba en mi casa, entregada al festejo, mientras el diablillo lo revolvía todo. La pintora, sentada cerca de la ventana, conversaba con el viejo. Ambos bebían, parecían mirarme sin sorpresa desde el otro lado.

Corrí hasta mi apartamento. Al llegar, sin hacer ruido, introduje la llave en la cerradura y abrí la puerta violentamente. Todo estaba en orden, no había nadie a quien pudiera acusar de nada. Se habían esfumado. Caí sin fuerzas sobre la cama y dormí no sé cuánto tiempo.

A partir de aquella tarde perdí la noción de la realidad. Ahora soy incapaz de diferenciar mis sueños de mis vigilias, los actos verdaderos de las fantasías. Creo que volví un par de veces al apartamento del viejo, sólo para ver cómo progresaba la historia del fisgón. El texto no avanzaba, parecía atascado en algún punto difícil que el viejo no podía resolver. Se notaban los borrones, las correcciones hechas al manuscrito, las repeticiones.

Desde entonces no he vuelto a salir. Mi amigo el conserje murió de una cirrosis y un hombre joven ocupó su lugar. Permanezco en mi apartamento todo el día, con la diferencia de que ya no voy a la ventana a brechar a mis vecinos. Perdido el interés en los otros, lo único que oigo son ruidos espantosos. El ruido terminará aniquilándome. Me quedo en la cama, muy quieto (no puedo levantarme porque apenas pruebo bocado), soñando o imaginando cosas imposibles. Me pregunto si el viejo habrá concluido la historia del mirón. Lo último que recuerdo haber leído en su cuaderno era una reiteración; la historia se enroscaba como una serpiente, se mordía la cola, volvía casi al principio con estas palabras:

"Ahora sólo oigo ruidos infernales día y noche, escandaloso movimiento de camiones y autobuses gigantescos, apresurada traslación de carros y peatones, ruidos de toda índole, mucho ruido, mucho ruido, mucho ruido...".

Crónica
trivial
de
una
fiesta
íntima

♦♦♦

A las siete y media la cronista social retirada se dispuso a escoger de su guardarropa el mejor vestido de noche, presintiendo que las otras invitadas acudirían con atuendos originales, motivo por el cual no podía permitir, bajo ningún pretexto, ser superada por las demás, especialmente en un momento en que, estando al margen de su trabajo periodístico de toda la vida y dependiente de la modesta pensión del diario, no quería convertirse en víctima de críticas aviesas. Abrió la puerta del armario y apareció, opacado por bolsas plásticas cubiertas de polvo, un montón de vestidos multicolores. Siempre le complacía abrir la puerta de caoba y sentir el aliento perfumado de la

Del libro: *Testimonios y profanaciones* (1978).

madera centenaria del armario, en cuyo interior se re-
fugiaban varias décadas de recuerdos gratos e inolvida-
bles: romances con varios directores del diario en sus
años de fogosa juventud, invitaciones de empresarios
en los tiempos en que se hallaba en el pináculo de su
carrera periodística, noches fastuosas en hoteles y
teatros, rodeada de colegas prestigiosos y artistas, co-
ronada de glamour al estilo parisiense como nunca antes ni después. Todo habría sido perfecto si no se hubiera alborotado el polvillo que le provocó pituita y la
inconfundible peste de la naftalina que le cortó la respiración. La indecisión la paralizó. Después de unos
segundos empezó a seleccionar, descartando en seguida tres modelos usados en las últimas recepciones: el
de muaré —comprado a tenor de exclusividad en *Vir-
ginia*—, que llevara la noche de bodas del hijo único
de su mejor amiga del diario; el negro de cuello alto y
mangas largas ajustadas, que tanto renombre de fem-
me fatale le había granjeado a pesar de su edad y que
usara en la recepción de despedida del embajador francés; y el de brocado, que sólo exhibiera en la última
función de gala del *Teatro Nacional,* durante la presentación del *American Ballet Theatre,* en la cual supo dar una lección de buen gusto a las consumidoras
que en la última temporada habían perdido la cabeza
con la mostacilla y la pana. Ahora le parecía más sencilla la tarea que al principio creyó tediosa. Supuso
imposible llevar el vestido largo con cuello de plumas,
ya que nada sería tan inadecuado como sentarse a la
mesa imitando a un pavo real cuando, en rigor, se ser-
viría consomé. Le pareció insoportable el de lentejue-

las en el borde del escote, por muy cautivador que fuese, igual que el de encajes verde cotorra, demasiado
indiscreto para una fiesta íntima, o el otro de chifón
blanco: la tela y el color más ávidos de salpicaduras
de salsa o manchas de suflé de chocolate. Con ladridos insistentes, el pekinés irrumpió en las reflexiones
de su dueña, tirándole del ruedo del pantalón. Unos
ojillos ansiosos y brillantes la observaban fijamente,
exigiéndole una caricia, una mirada, un regalo. Ella se
acercó al tocador y le arrojó un bombón, volviendo
mecánicamente a su actividad, que ya se tornaba rito.
Le lució de una sencillez pedestre el conjunto de blusa crema y falda marrón a cuadros, con broche en forma de escarabajo coronando el cuello de la blusa. El
de gasa rosada —anticuado ya por su vaporosidad quin-
ceañera y los adornos de las mangas— no pudo menos
que recordarle sus años de juventud, mientras un amar-
go sabor de insatisfacción le subía hasta la boca, al
pensar en la estupidez de haber pagado tanto por ese
vestido y en las murmuraciones de que habría sido
objeto al lucirlo. Otros ladridos del pekinés la distra-
jeron nuevamente. Sin dejar de carajearle con amor,
besándolo en el hocico, le arrojó otro bombón diciéndole que era el único ser en el mundo al que permitía
semejantes impertinencias y aprovechó la interrup-
ción para mirarse en el espejo. Una figura huesuda se
reflejó en el espejo rococó de la pared. Los ojos inquietos de vieja reportera examinaron detalles del
cuerpo enteco, del rostro que a duras penas podía
ocultar la proximidad de los sesenta años. Se detuvo
en las reteñidas canas, unas rebeldes que bien había

valido la pena dejar por su cuenta al concluir la guerra del tinte, después de numerosos, variados, costosos y prolongados tratamientos con las mejores marcas de cosméticos. Con un suspiro retornó al armario, acogida por el suave olor de la madera. Había dos posibilidades interesantes: el sari, al último grito de la moda, con el dibujo exótico discretamente bordado; y el kimono, adquirido en la casa de modas *La Belle Époque*. El primero le pareció una pieza apropiada, tomando en cuenta el calor de verano que el vino haría subir después de las primeras copas. El segundo, de seda azul resplandeciente e indiscreta, no menos exótico que el primero aunque más vulgar, no le agradó tanto. Pensó en sus relaciones con el primer director del diario —un redomado empresario que la envolvió durante años, esclavizándola— y se sintió cursi. El sari tenía el inconveniente de estar hecho en un lino muy ligero que se pegaba al cuerpo con extrema facilidad. Por otro lado, su amor con aquel cantante fracasado no podía durar mucho, estaba condenado a morir por falta de estímulo económico y, para colmo, el tipo era un borrachín. El kimono era muy cerrado para una ocasión informal, sin contar el calor que le produciría. Recordó al banquero del anillo de rubíes, que aún conservaba —eso había sido antes de lo del cantante—, y cerró los ojos cuando traspasó su memoria la imagen del accidente en que perdiera la vida el magnate. Después vinieron los tiempos malos, la amenaza de cáncer, la operación del útero, la extirpación de los órganos reproductores para evitar la muerte, dejándola como una planta seca y estéril: su fin como mujer desde el punto de vista fisiológico. Acto seguido enumeró, en orden de importancia, sus preocupaciones actuales: el whisky, los amantes ocasionales, la vejez. Con los ojos cerrados acarició la superficie de ambos vestidos —el sari y el kimono— y se decidió finalmente por el hindú, arrancándolo de la percha sin más hesitaciones. El pekinés penetró en el armario y sacó un viejo zapato de raso, ofreciéndoselo a su dueña con gruñidos de satisfacción del deber cumplido. Ella lo miró sonriente, admitiendo que cualquier sandalia iría bien con el sari, siempre que el color de la zapatilla no fuera oscuro ni en tonalidades moradas, naranja o verdes. Fue a la zapatera y eligió un par de sandalias de tiras blancas que consideró perfecto para la ocasión.

En la casa de los anfitriones, los sirvientes ponían todo en regla para la fiesta. La anfitriona, bajo un casco secador, impartía precisas y rápidas órdenes a los encargados de poner la mesa, chillando cada vez que algo quedaba fuera de sitio, o mal colocado en los lugares que corresponderían a los invitados. Cada persona debía ser yuxtapuesta a la que mejor se aviniera a su temperamento. Este precepto, aprendido en la *Escuela de Etiqueta y Protocolo* y ahora teoría inseparable de la anfitriona, nunca le había fallado. Por el contrario, todo siempre le salía a la perfección y los huéspedes se marchaban con sonrisas aprobatorias. La manicura, lima en mano, pulía las uñas de la dueña de la casa y observaba los preparativos entre dedo y dedo. A veces se equivocaba y hería la cutícula recién cortada de los dedos de la señora, quien pataleaba y amagaba con salirse del casco bajo el cual se hallaba prisionera, actitud de la cual desistía al sentir sus pies enjabonados en una poncherita. La manicura pedía disculpas sin que la anfitriona pudiera oírla: tenía ésta las orejas tapadas con dos pedazos de esponja y el ruido bajo el casco ahogaba cualquier sonido que proviniera del exterior. El anfitrión —en pantalones cortos, zapatos de goma y camisilla de franela—, recién llegado del partido de tenis, disponía que se regara el jardín hasta la llegada de los invitados, que clorificaran debidamente la piscina, que los perros fueran confinados en el fondo del patio y encadenados en sus respectivas casetas. Al entrar en el salón principal echó una ojeada a uno de los globos *Tiffany's* y ordenó que le quitaran el polvo. Uno de los sirvientes se atrevió a decirle que todas las lámparas habían sido cuidadosamente abrillantadas una hora antes y el amo gritó con su voz de guacamayo viejo que limpiaran ésa de nuevo, carajo, que hicieran lo mismo con las estatuillas de porcelana que se encontraban en las repisas de los pasamanos, en las mesitas de vidrio, sobre el piano, que cuidado con *El Beso,* que era una pieza muy cara (no aclaró que se tratara de una imitación), que a ver si rompían las bailarinas japonesas que adornaban el centro de la sala principal, o el busto de Franz Liszt que había sobre el piano. La manicura tomó el frasquito, cortó un pedazo de algodón de un rollo, lo empapó de acetona y comenzó a quitar la vieja laca que cubría las uñas. La señora sintió una picazón explicable, debido a la sensibilidad que el corte de la cutícula había dejado en sus dedos y masculló la palabra *estúpida.* La muchacha se hallaba tan ensimisma-

da escuchando las órdenes del señor, que apenas per-
cibió el ruidito que salía del casco y continuó tranquilamente su labor de embellecimiento. Ahora el
anfitrión constataba en la despensa la calidad de los
elementos que integrarían los entremeses. Quería antipastos enlatados para facilitar a la servidumbre un
movimiento rápido y no indigestar a los invitados con
ciertas combinaciones frías y calientes, antes de hacerles servir el plato especial de la noche. Había elabo-
rado un original menú que constituía un enigma incluso para la anfitriona, cuyo paso a la cocina prohibiera
desde el día anterior. La manicura mostraba a la señora doce esmaltes en tonalidades pastel para que eligie-
ra a su gusto. La anfitriona pensó un momento en el
traje que llevaría, en la pintura de los ojos, en el color
de los zapatos, en su estado de ánimo. El anfitrión
metía la cabeza entre un montón de latas, imaginando
la suculencia de las almejas, los calamares en su tinta,
los ostiones, las aceitunas negras, las salchichas. Cerró
la despensa y entró a la cocina, aspirando el evapora-
do tufo de las especias que emanaba de algunas cace-
rolas cubiertas con tapas de aluminio. Miró al chef y
le guiñó un ojo pícaramente, mientras señalaba hacia
el gigante horno. El cocinero jefe sintió el flechazo
del amo e hizo lo mismo, con la V de la victoria for-
mada con el índice y el mayor de la mano izquierda,
sonriéndole al señor, ensayando elegantes zalemas.
Ella dudó entre la tonalidad carmesí y la violácea, le
parecía que un rojo subido sería demasiado vulgar y
no se vería bien sobre manteles tan finos. El compro-
baba la frescura del palmito, la pasta de aguacate, las

albóndigas, las berenjenas, y de cada plato pellizcaba algo. Y el violeta la haría parecer muy vieja. La manicura le presentó la tonalidad mandarina y dijo algo que la anfitriona no pudo entender, aunque leyó en los labios de la muchacha que el color mandarina la haría muy juvenil y alegre e iría bien con cualquier tipo de vestido. El anfitrión chequeó después las existencias del bar. Había bebidas importadas de reconocida calidad: vodkas rusas, ginebras y whiskies escoceses. Eso bastaba para complacer al más exigente. Para las damas había cocteles y para los aficionados al culto del folklore y el color local —que nunca faltan en ninguna reunión— el anfitrión había hecho poner seis marcas de ron dominicano. La manicura apagó el secador y la anfitriona pudo por fin salir, despejarse, sentir el aire saludable de la habitación y se quitó las esponjas que le cubrían los pabellones de las orejas. El anfitrión, satisfecho de su inspección, salió del bar y se dirigió a las habitaciones superiores. Ahora que podía elegir con calma el esmalte apropiado para la ocasión, bajaban los chirridos del marido, escandalizado porque los sirvientes habían puesto unas toallas demasiado ridículas que no cuadraban con la delicadeza de la cerámica del baño. Ella sacudió la cabeza tratando de no prestar atención al asunto y se concentró nuevamente en los esmaltes. Los gritos bajaron de nuevo y la anfitriona llamó a una de las criadas y le ordenó que subiera a corregir la catástrofe de la segunda planta. Después que los gritos cesaron, la anfitriona, un poco turbada, eligió un rosa pálido.

En el interior del bungalow, el industrial le acariciaba las nalgas a una amiga, degustando la tibia redondez de sus formas, mientras ella, impasible, fumaba. El acababa de recordar el compromiso contraído —tarde ya para cancelarlo— y supuso que no tendría otra alternativa que llevar a la chica, a pesar de los claros síntomas de embotamiento que el *Johnnie Walker* había comenzado a producir en ella. Detuvo el movimiento de su mano y se sirvió el centímetro de alcohol que quedaba en la botella, borrando de su mente la imagen de su mujer, visión interior que atropellaba sus sentimientos. La chica hizo una morisqueta de impaciencia tratando de apoderarse del vaso, sin evitar que él se lo llevara a los labios con un rápido movimiento y tragara de un golpe el contenido. Una injuria inescuchada escapó de los labios de la chica, levemente tiznados de rouge, al tiempo que se incorporaba en la cama dejando al descubierto sus senos amoratados. El se puso de un salto sobre la alfombra que se extendía al pie de la cama y durante unos segundos ella pudo observar la parte posterior del enorme y aún esbelto cuerpo de su amigo. Bajo el cerquillo reciente, delineado en un estilo que remitía a los cortes de la década de los cincuenta, el cuello musculoso aparecía con algunas marcas, muestras de una inocultable venganza que la hizo feliz por un instante. Los hombros presidían la estructura de una anatomía robusta, donde podían apreciarse los dibujos de algunos músculos desarrollados y mantenidos con ejercicios de pesas. La piel, desprovista de pelos, demasiado tostada por el sol, permitía que las contracciones musculares aflora-

ran a la superficie, delatando la red nerviosa de la anatomía. El cuerpo lampiño del industrial era un detalle que la decepcionaba. El se dirigió al baño sin volver la cara. Ella hizo un esfuerzo por imaginar la parte
anterior del cuerpo de su acompañante: cara angulosa, grandes entradas en la frente anunciando la calvi-
cie de la madurez, un bigote que el renacimiento de
Clark Gable había puesto de moda, prominente nuez,
pectorales inflados, redondas tetillas pardas, la parte
inferior del tórax desembocaba en el ombligo, donde
nacía una matita de pelos que descendía hasta el sexo
(que ella prefería imaginar algo enhiesto y babeante),
ingles muy sólidas, unas piernas donde nudos cilín-
dricos formaban prominencias, y callosidades en los
pies. Ella se tendió en la cama cuando la puerta del
baño emitió un sonido seco, introdujo la mano derecha bajo los pliegues de la sábana y los dedos ávidos
se deslizaron hasta el sexo, frotando el clítoris suavemente. Al principio sintió una ligera molestia, la irritación del órgano insatisfecho le impedía alcanzar una
sensación satisfactoria. Imaginó que iba al baño, abría
la puerta, era atrapada por el vapor caliente. Con un
golpe a la manija del grifo detuvo la lluvia de la ducha. El la miró entre sorprendido y enojado (ella odia-
ba mojarse el cabello), y rio. Ella le alcanzó la toalla y
él comenzó a frotarse la cabeza con movimientos vi-
gorosos. Entonces ella se metió en la bañera y empezó
a secar aquel enorme cuerpo que permanecía quieto y
silencioso. Los dedos de la mano derecha abandonaron el sexo un momento, el hombre transpiraba tan
fuerte que ahora ella podía sentir el olor de la piel

mezclado con la fragancia del jabón. Le envolvió la toalla en el cuello y luego se la pasó por los hombros con frotes más intensos. Ella pensó que si intentaba maquillarse en ese cuarto cargado de vapor, las cremas y pinturas serían totalmente inefectivas y la humedad le impediría lograr los resultados garantizados por *Elizabeth Arden*. Los dedos volvieron a explorar el sexo, pero esta vez las uñas hirieron la zona adolorida, produciendo un ardor terrible. Buscó una cómoda posición en la cama. La toalla bajó hasta el tronco, ella se arrodilló y lo abrazó, frotándole la región púbica sin lograr que él reaccionara. En ese momento se dio por vencida, frustrado el intento de procurarse un placer no alcanzado antes. La puerta del baño se abrió y de súbito reapareció la figura del industrial envuelta en una bata, secándose aún el cabello, advirtiéndole a su amiga que ya era tarde y debían darse prisa. Ella se dio cuenta de que no podía permanecer más tiempo en el mundo de los ensueños, se llevó la mano a la nariz y comprendió que también necesitaba una ducha tibia que lograra despertarla totalmente. Se envolvió en una sábana, tomó la botella y con la lengua recogió las últimas gotas de alcohol que se precipitaron a la boquilla. Tiró la botella en el canasto de la ropa sucia, besó la nuca del industrial y tomó el camino del baño con aire decidido.

El general y su nerviosa esposa correteaban de un lado a otro en el aposento de su residencia, dispuestos a conseguir una apariencia digna de su status, empeñados en provocar admiración y respeto entre amigos y conocidos. La generala tenía un semblante tranquilo, confiado, y estaba feliz por haber elegido la prestante boutique de Oscar de la Renta, segura de que cualquier cosa que se pusiera sería reconocida como de primera calidad, ya que el famoso modista dominicano sólo crea diseños personalísimos. Había tenido que adelgazar varios kilos para lucir una costosa creación, someterse a los ejercicios del gimnasio, sufrir los tratamientos del experto masajista tres veces por semana, sudar lo indecible en las sesiones de sauna, y, lo que era más doloroso aún, renunciar a las galletitas *English Rose,* a los chocolates *Perugina,* a los licores *Marie Brizard.* Una inquietud se apoderó de la generala al contemplarse en el espejo. Todavía quedaban unas masas bochornosas alrededor de la cintura, las cuales prolongaban la amplitud de la espalda hasta la cadera. La papada, más vulnerable a los golpes del masajista, había sido reducida a la mitad de su tamaño normal. La depilación de hacía unas horas en la clínica de estética facial había borrado —con ayuda de una crema de *Helena Rubinstein*— todo vestigio de pelos en el labio superior, el mentón, el cuello y el desfiladero entre los senos. Sin embargo, no parecía satisfecha con la limpieza de la piel: quedaban algunas indelebles manchas vergonzosas, restos de una cura de verrugas que le fuera practicada la semana anterior. Era cierto que ya no se veían las verrugas y el dolor había disminuído con el tratamiento de cremas medicadas, mas el solo hecho de imaginarse asediada por miradas enemigas la hizo flaquear y de repente sintió un deseo irreprimible de expulsar del cuerpo las heces que una persistente obstrucción hemorroidal había impedido

salir durante dos días y que amenazaba con intoxi-
carla. Mientras tanto, el general se engominaba el pelo
con el cuidado que ponía en todas sus tareas de responsabilidad. Nada debía moverse en la cabeza. Los
escasos cabellos se mantendrían en estricto orden durante toda la noche. Ni brisa ni agua ni movimiento
serían capaces de alterar el acabado perfecto de la
goma. Lo que preocupaba a su mujer constituía un
pseudoproblema para él. Ella confiaba, sentada en el
excusado —siempre contra su íntima voluntad—, que
la peluca adquirida a través de una amiga en la Quin-
ta Avenida de Nueva York solucionaría el caos de una
cabeza indomable, refractaria a todo tratamiento de
belleza. La insistencia en lograr pelo lacio a base de
desrizado de potasa, sin el autorizado consentimiento
de su peluquero, le había provocado una espantosa
caída del cabello. El untó un pegote de goma en sus
manos y lo esparció por toda la cabellera, luego tomó
el peine y desenredó las hebras más estropeadas por
las horquetillas, después abrió un surco en el lado izquierdo, que iba del frontal al nacimiento del occipi-
tal y acomodó el pelo de modo juvenil a ambos lados
de la raya. El cepillo deshizo las ranuras dejadas por
los dientes del peine. Los brutales esfuerzos de la generala acabaron por arrancarle el copioso sudor que
ya le corría por las sienes y la espalda. Un inútil pe-
dorreo anunciaba sin éxito el advenimiento del repre-
sado detritus. Todavía no había dolor muy intenso en
el ano, pero el peso de sus doscientas libras terminaría
concentrándose en esa parte del cuerpo hasta enloque-
cerla. Ella recordó los plácidos momentos que solía

pasar en el inodoro —antes de que la hemorroides so-
breviniera—, deleitándose con las fotonovelas de las
series mexicanas, o arrobada por los romances de Co-
rín Tellado. Nada como ese momento sereno de la
mañana, después que su marido marchaba a Palacio,
los niños iban al colegio y ella mandaba a las muchachas del servicio al supermercado. Sola en la casa, se
refugiaba en el baño y sentada en la taza, daba rienda
suelta a su recóndita afición. Frente al general no podía permitirse una lectura tan banal, había que leer
los libros de moda, los best-sellers —como decía él—,
estar al corriente de los acontecimientos del mundo y
tener siempre algún tema interesante de conversación.
El, cuidadosamente peinado, buscó en el cofre las condecoraciones que llevaría como paramentos esa noche.
No quería recargar su pecho de insignias, se trataba de
una fiesta íntima, no de una recepción oficial. No había, pues, que exagerar la nota. Ser modesto esa noche constituiría más virtud que pecado. Eligió las que
bastarían para poner de relieve su rango y sus méritos
patrióticos: la *Orden de Cristóbal Colón* en el *Grado
de Caballero,* la *Gran Cruz Placa de Plata* (ambas reci-
bidas al retornar a Santo Domingo, luego de seis años
como embajador en distintos países de Latinoamérica)
y la *Orden del Mérito Militar,* sólo concedida a los
soldados más aguerridos del país. Al prenderlas en la
pechera, decidió colocarlas a un mismo nivel: todas
tenían para él igual valor sentimental. Ella lanzó un
chillido de desesperación. Ahora el sudor le bañaba la
cara, los dientes chasqueaban sonoramente y los pujos
se sucedían haciendo temblar el cuerpo. Tomó un pa-

quete de *Kleenex,* lo destapó, sacó varias servilletas y se las estrujó en la cara y la nuca. Quería abrir la ventanilla y dejar entrar un poco de aire fresco, pero temía perder el impulso y permaneció sentada. Una nueva contracción le arrugó la cara, el dolor unido al incontenible deseo de evacuar formaban una odiosa mezcla que la movía a desearse la muerte o desaparecer tragada por la tierra y ser borrada automáticamente de la faz del mundo. Juntó sus manos implorando misericordia a la Virgen de la Altagracia, se preguntó qué mal habría hecho para merecer tanto castigo, con qué fuerzas se pondría la peluca o iniciaría el trabajoso ajuste del corsé. El general, aureolado por la irresistible fragancia de *Paco Rabanne,* llamó a la puerta del baño y le recordó la hora a su mujer, poniendo fin al frustrado intento de deyección.

En la habitación central de su residencia, el alto funcionario y su esposa discutían sobre aspectos que consideraban de esencial importancia: si ella iría a la fiesta con turbante o con el pelo suelto, y cuál de los autos iban a usar. Estaba furiosa por la insistencia de su marido en que fuese luciendo su rubia cabellera oxigenada, pues ella aseguraba que el sol y el agua de Sosúa habían arruinado de tal modo su cabello que éste tardaría semanas en recuperar el brillo y la docilidad habituales. El machacaba la misma idea de viajar en el *Porsche.* Ambos estaban en ropa interior. El en calzoncillos que le llegaban a media pierna, camisilla sin mangas y calcetines transparentes. Ella en sostén de varillas y panties y medias de color beige. La última media hora había transcurrido sin la violencia

de que suelen estar acompañadas las discusiones del
alto funcionario y su esposa. El quería lograr, por las
buenas, que ella exhibiera su cabello rubio, en mara-
villoso contraste con la piel parda y los ojos felinos,
combinación de la cual se sentía orgulloso. Los pa-
ñuelos de cabeza, dijo sentencioso el alto funcionario, convierten a las mujeres en simples campesinas,
en marchantas, por muy elegantes que sean las telas.
Ella, autoritaria, corrigió la frase, señalando que se
decía turbante y no pañuelo. Abrió un cajón del ga-
vetero y le mostró algunos ejemplares extraordina-
rios: uno de *Pierre Cardin,* de seda, en color ámbar
que iría muy bien con el último vestido que adqui-
riera en la boutique *Élégance;* otro de *Givenchy,* con
motivos diminutos en los bordes, en un verde amatis-
ta que tal vez haría juego con sus ojos, tan parecidos a
los de Elizabeth Taylor, y ya eso era mucho decir; otro
de *Christian Dior,* con el nombre del célebre produc-
tor impreso, hecho a base de dibujos ultramodernos;
otro de *Ives Saint-Laurent,* finísimo, y algunos más
de la *Macy's* de Nueva York, que todavía no se los
había visto a nadie en el país, circunstancia que los
convertía, ipso facto, en novedad. El se lamentó de
tanto esnobismo y pronunció la primera sílaba de una
palabra inaudible, casi a punto de arrojársela a su mujer a la cara, mas no llegó a completarla, evitando así
iniciar una larga tanda de insultos. Después de todo,
ella había compartido los malos y buenos momentos
de su vida desde la época en que él era un anónimo
correveidile de oficina pública al servicio de un secre-
tario de Estado, hasta llegar a convertirse —por arte

de birlibirloque— en alto funcionario. Se levantó de la
cama y dio una vuelta frente a ella, mostrándole la
sencillez de su atuendo interior, mientras ella conte-
nía la risa embozándose en el turbante *Dior*. Así sería
también la vestimenta exterior, aseguró él, sencilla,
simple, sin excesos. Abrió el closet y le mostró a su
mujer la poca variedad de estilos en los trajes confec-
cionados especialmente para él por la *Casa París*. Sólo
había tres tipos predominantes: los de gabardina in-
glesa, los de dacrón-lana y los de hilo. Cada ocasión
imponía una tela diferente: la gabardina para las noches y locales con aire acondicionado (la gabardina es
insoportable en ambientes naturales), el dacrón-lana
para los días de trabajo y el hilo para las fiestas patrias
y actos oficiales en los cuales el blanco retiene siempre absoluto predominio. Los cortes eran los mismos,
con el mismo número de botones colocados en los
mismos lugares. Ella parecía no escuchar lo que le decía su marido. Había comenzado a probarse turbantes
haciendo combinaciones y nudos distintos, ensayando
expresiones apropiadas al color y los dibujos de la
tela. Sin dejar de hablar un momento, él mostró los
zapatos que colmaban la zapatera. De los que había
adquirido en los últimos tiempos, sólo algunos podían considerarse estrafalarios. El se dio cuenta de
que hacía rato estaba hablando a las paredes y se quedó mirando a su mujer con expresión de impotencia
en los labios. Una luminosa idea acabada de cruzar
por la mente de ella: la peluca color caoba. A él le pareció buena la idea; sin embargo, se sintió decepcio-
nado porque había concebido la imagen de su esplen-

dorosa rubia sentada junto a él durante la cena. Aceptó con tal de que pudiesen usar el *Porsche* y no el *Camaro,* como había sugerido ella. Se lamentaron de haber vendido el *Volkswagen* deportivo, el cual les habría garantizado una nota juvenil. Pero también hubiera sido una calamidad quedarse con este auto después de un choque tan aparatoso como el que habían sufrido un mes antes. Ella asintió con la cabeza: irían en el *Porsche.* Y de inmediato se lanzó a buscar la peluca caoba.

El anfitrión —exhalando fragancia *Rochas*— y la anfitriona —envuelta en vapor de *Vol de Nuit*— salieron a recibir a la cronista, que llegó rayando las ocho treinta, acompañada de su pekinés, al cual había puesto un collar guarnecido de piedras irisadas. La vieja reportera artística sacó de su colección de poses la que juzgó más ajustada para hacer frente a la cortesía de nuevo cuño de los anfitriones. Con una mirada que podía ubicarse entre la sobrecogedora expresión de Katharine Hepburn y la coquetería germana de Marlene Dietrich, escrutó la figura coruscante de la anfitriona y la halló vulgar. Las lentejuelas espejeaban en todo su cuerpo, se había maquillado en exceso, resaltando —seguramente sin quererlo— las arrugas nada prematuras de la cara, destacando la bufanda que poquísimo tenía que ver con el resto del atuendo. Al mismo tiempo, la anfitriona, sin ocultar la desazón que esta primera revisión le producía, se lamentaba internamente de haber cursado invitaciones sin someterlas a la purga de costumbre. Halló muy apergaminada a la cronista, a quien ya suponía estragada por

el alcohol y el tabaco. El pekinés olisqueaba los pies
de los anfitriones, empeñados ahora en hacer pasar a
la invitada al interior del salón. La cronista pensó que
el anfitrión, a fin de cuentas más inteligente que su
mujer, sabía elegir la ropa con discreción y acierto.
Cruzaron besos y aromas y la anfitriona no pudo dejar de pensar en las pretensiones que se gastaba la amiga, al sentir una esencia de *Bal à Versailles* en la nuca
de la cronista. Del vestíbulo pasaron al gran salón,
aparentemente arreglado para reunir a los recién llega-
dos. El anfitrión ayudó a la cronista a despojarse del
negro albornoz que la cubría y ésta inició un rápido
chequeo del decorado. Mientras el anfitrión empercha-
ba la prenda, la anfitriona hacía sentar a la cronista
para impedirle, de momento, que inventariara los objetos del salón. Puro kitsch, se dijo la cronista, echando mano de una palabra leída en alguna revista. No
tenían nada que valiera la pena. Pero habló para decir,
gozosa, que todo cuanto allí veía era muy chic. El pekinés revoloteaba entre los cojines del enorme sofá en
que se había sentado su dueña, mientras ésta, sin preocuparse por las preguntas de la anfitriona y contestan-
do movida por la inercia, se detenía en cada uno de
los objetos llamativos del salón. La anfitriona comentó que hacía mucho tiempo que no se veían y la cronista permaneció callada por unos segundos, observando las lámparas —ridícula imitación de arañas de
palacios y museos europeos—, que desentonaban completamente con el mobiliario: cada vez que penetrara
una corriente de aire, sonarían como campanillas de
vidrio. La cronista respondió que aproximadamente

seis meses, encendiendo un cigarrillo. La pareja de porcelana *Hansel y Gretel,* con sus ropitas de colores primarios y las caras pintarrajeadas con intención unisexual, le sacó a la cronista una sonrisa tiernamente cínica. El anfitrión vino a ofrecerles algo de beber y la cronista, con palabras que parecieron salirle del estómago, pidió un whisky doble. Recordaba la anfitriona que se habían visto en la casa de la Presidenta de la *Sociedad Protectora de Animales,* para corregirse de inmediato, jurando que había sido en el baby shower de una amiga común, al tiempo que le arrancaba un cenicero de entre los dientes al pekinés y lo ponía a disposición de la invitada. Las mesitas redondas, de vidrio, no se usaban ya. Según los últimos números de *El Mueble,* predominaba una línea rectangular y el marco de la mesa debía ser en aluminio y no en madera: después de cuatro décadas, Mïes van der Rohe retornaba triunfal. La anfitriona preguntó a la cronista sobre sus actividades actuales. *El Beso* no correspondía con fidelidad a la obra original, empezando por la escayola empleada para realizar la imitación. En todo caso, debió hacerse en bronce, juzgó la cronista, material más noble y elegante que presta fuerza y plasticidad a las figuras esculpidas. El anfitrión regresó con un vaso que entregó a la visitante y pasó a su mujer un martini, que ésta aceptó sin comentario. El tomó asiento en un sillón muy cercano al sofá y engulló el primer trago de la noche, una rara mezcla de tequila, ginebra y vodka. La cronista afirmó, con un dejo de hastío en la voz, que ya podía verla, nada, nada relevante. Las bailarinas japonesas engañarían a

otros, pero ella estaba segura de que eran unas barati-
jas de cartón, revestidas de cera o esmalte. La anfitriona recibió la respuesta como un insulto cubierto de
caramelo y bebió de un trago casi todo el martini. Al
fijarse en el busto de Franz Liszt, la cara de la cronista
se alegró, apagó el cigarrillo, dejó el vaso sobre la mesita central y sugirió hacerse escuchar en la interpretación de *An der schönen blauen Donau*, de Johann
Strauss, llamando la atención de los anfitriones. El
primero en correr hacia el piano fue el pekinés, moviendo la colita y mirando hacia atrás con ojillos de
can matrero. La voz de guacamayo viejo celebró los
primeros acordes del vals de Strauss, enardeciendo un
tanto a la intérprete, que convirtió en *forte* unas notas indicadas *piano* en la partitura original. Después
de unos compases, la intérprete interrumpió la ejecución, levantó sus manos del teclado para dejarlas
caer con estrépito, alegando que el *Baldwin* estaba
desafinado en algunos sostenidos, situación que le
impedía continuar con la ejecución del *Danubio* (esta
vez prefirió la versión en español). Los anfitriones, sin
saber qué responder, la miraron, observaron aquellos
ojos de maliciosa orate. El pekinés trató de arañar el
teclado pero su dueña se lo impidió, colocando el
paño de terciopelo y cerrando el instrumento.

Sonó el timbre. Un fámulo, ceremonioso, acudió
a abrir la puerta. En la entrada aparecieron el bitumi-
noso general y su angustiada esposa, todavía presa de
cólicos del hipogastrio. Los anfitriones se precipitaron
al vestíbulo. La gallarda figura del general contrastaba
con la amoscada presencia de su consorte. Ambos fue-

ron recibidos con el respeto que inspiraba, en conjunto, la pareja. La rechoncha generala abrió un paréntesis y sonrió al aceptar los elogios de la anfitriona, que no cesaba de exaltar la extraordinaria pérdida de peso que había experimentado la generala. Un sondeo visual bastó para que la anfitriona comprobase, casi al mismo tiempo que la cronista, que la recién llegada se había gastado una pequeña fortuna en ese traje que lucía: un vestido largo, en una combinación de colores granate y azafrán, cuya sencillez contrastaba con su mofletudo rostro, las roscas de los brazos aprisionados por las alhajas, la encorsetada cintura, las masas que salían por encima del escote convirtiendo los senos en dos promontorios rubicundos, la exageración de la pintura del rostro, propia de una graciosa muñeca pop. El general, fornido mulato, le tendió el brazo a su mujer con la fortaleza de los años juveniles, para deslizarse hasta el salón en compañía de los anfitriones. El tintineo de las condecoraciones y el borborigmo de la generala orquestaban una cadenciosa marcha. La cronista se puso de pie, besó a los que acababan de arribar y se lamentó de que el *Baldwin* no contribuyera con un granito de arena en su interpretación de Strauss. El pekinés se lanzó del sofá y empezó a corretear entre los pies de los invitados. La generala arrugó la cara y dio muestras de un pavor que la cronista no podría ya perdonarle. Acostumbrada a definir a sus amigos y enemigos como los que aman, odian o temen a su perro, la cronista se dejó ganar por la indignación. El general, más radical en su actitud que la generala, llevó a la cronista al paroxismo, pues cuando el faldero se frotó contra las perneras del pantalón lamiendo la gabardina del uniforme, lo pateó en el culito lanzándolo contra el sofá, acto que malquistó a la cronista con la pareja por el resto de la noche. El pekinés se quejaba entre los brazos de su dueña, empeñada en consolarlo e incapaz de aliviar el dolor que el general, *manu militari,* le había infligido a la mascota. Para zanjar el impasse, el anfitrión ofreció de beber y se fue al bar a preparar los tragos. Un inevitable silencio se produjo cuando la voz de guacamayo viejo desapareció entre los gabinetes del bar. La anfitriona, varada, apenas podía reemplazar la absorbente presencia de su marido con un monólogo sobre las últimas actividades llevadas a término por la *Sociedad Protectora de Niños Desvalidos,* de la cual era ella la presidenta. La generala se sintió reconfortada con el giro de la situación, y su marido, aún encabritado por el incidente del pekinés, dio unos pasos, se alejó del grupo y caminó hacia el fondo del salón, interesado en observar una decena de cuadros colgados en la pared. Su enorme cuerpo se desplazaba con pasos seguros y aire marcial, su cabeza de Gardel mulato, erguida siempre, no tenía ojos más que para los desnudos comprados por los anfitriones en la *National Gallery* de Washington, a precios costosísimos, pese a que se trataba de copias. Nuevos cólicos atacaron el bajo vientre de la generala, medio arrepentida de haber acompañado a su marido. Muecas que parecían tics nerviosos estremecían su cara. La cronista, acariciando al pekinés, seguía las mutaciones faciales de la regordeta generala y sorbía su whisky doble. Los desnudos de Renoir no le parecieron tan sugestivos como otros, si bien las figuras femeninas correspondían a su gusto viril. No sabía mucho de estas cosas, caviló el general, pero a esas mujeres de Renoir les faltaba garra. Más atractivas encontró a las desgarbadas fondonas de Toulouse-Lautrec (el general leía con cuidado las leyendas de los cuadros). Vistas casi de cuerpo entero, desaliñadas como prostitutas, aunque muy pálidas, con nalgas de mujer caribeña al descubierto, parecían mujeres corrientes llenas de encanto. Los tragos llegaron y el anfitrión tomó asiento junto a su mujer, quien hablaba de recaudaciones, del próximo telemaratón, de las rifas con el fin de levantar fondos para la construcción de un local. El general fue llamado en el momento en que contemplaba, extasiado, un exuberante cuadro de Gauguin y exclamaba: ¡carajo, cuántas mujeres buenas! Dio media vuelta, resuelto a reunirse con el grupo. Un poco sudorosa y bastante compungida, su mujer se le acercó y le dijo algo al oído. El general escuchó circunspecto. Después hizo lo mismo con la anfitriona y ambas, pidiendo permiso, tomaron el camino del baño de la planta baja. El pekinés intentó seguirlas, con ladridos punzantes que acongojaban más a la generala. La cronista tiró del collar y lo obligó a retornar al sofá. El guacamayo viejo movió el hielo de su vaso, se dirigió al general con voz entrecortada y le preguntó por sus actividades. El general acentuó la reciedumbre de su expresión facial y confesó que, aparte de las labores confidenciales de Palacio (palabras que recalcó con un impecable fraseo), se dedicaba a la pesca, deporte sano y reconfor-

tante para el espíritu, y, cuando podía, intentaba correr cuatro o cinco kilómetros. Ya en el inodoro, la
generala soportaba el tamborileo de los cólicos, se
agarraba de las toallas, adoptaba posiciones diferentes, se aflojaba el corsé, gruñía, se tragaba el púrpura
con sabor de frambuesa de los labios, combaba el cuerpo, sudaba, oía los ladridos del pekinés, se asustaba,
perdía las fuerzas y la esperanza.

Sonó el timbre y la misma anfitriona se apersonó
al vestíbulo para recibir a los que arribaban. Una tol-
vanera de voces irrumpió en la casa y cuatro invitados
se precipitaron al hall, acompañados de la dueña de la
mansión: el alto funcionario y su esposa, el industrial
y su chica. Todos se habían encontrado a la entrada
de la residencia. El primero, pequeño y enfático, movía el cuerpo al explicar las dificultades de él y su mujer para ponerse de acuerdo sobre el automóvil que
más convenía en esa ocasión. Un flamante diseño de
la *Casa París* le servía de coraza: rayas grises y blancas
adelgazaban su figurita de bailarín, la camisa perla, la
corbata añil con dibujos, los zapatos italianos de piel
de cordero. Abundante sudor le corría por el rostro:
todo el peso de esas doscientas libras concentrado en
el ano, ahora sangrante, la cara de euménide enfurecida, completamente convulsa. Una risa coqueta del
sari se dirigía al industrial y lo invitaba a sentarse junto a ella. El industrial —en chaqueta deportiva, pantalones marfil, mocasines— se esforzaba en lograr la postura más natural y evitaba encarar a los anfitriones o
darles una explicación sobre la ausencia de su mujer y
la presencia de la amiga que había traído. La víctima

sentía decrecer el dolor, la abandonaban los demonios y retornaba la calma, las servilletas sanitarias arrancaban el estropicio del maquillaje, el pekinés le ladraba al industrial, el general le tendía una mano a la esposa del alto funcionario, envuelta en una bufanda opalina, abriendo y cerrando sus inmensas pestañas bajo la pollina artificial. El anfitrión retornaba al bar, galopaba, daba voces a los criados para que se hicieran cargo de los pedidos siguientes, para que trajeran los entremeses. La chica, con expresión naïve, disfrutaba la escena, metía las manos en los bolsillos de sus blue-jeans, erguía los pechos, abofeteaba a los presentes con su atuendo fuera de serie, inesperada, con los ojos idiotizados, apuraba un trago, codiciosa, salaz. Los colores, poco a poco repuestos en el rostro mofletudo, le devolvían la confianza, la sosegaban, le insuflaban ánimo. Ella se encorsetaba, atomizaba su cuerpo de *Calèche,* se ajustaba convenientemente la peluca, echaba mano del spray de baño y le devolvía al ambiente su frescura perdida, borraba las huellas de sentina del excusado. El pekinés ladraba de nuevo, bloqueaba la conversación doméstica de la anfitriona, la bufanda, el sari y la chica forzosamente incorporada al grupo. Hoy no se puede confiar en el servicio —decía la beneficiencia, abandonaba su preocupación filantrópica—, es un oficio que ha degenerado, está lleno de insolentes y despilfarradores. Hay en Jarabacoa unos campamentos de verano excelentes para los niños —añadía la bufanda, cerraba los ojos, buscaba el sello de *Dior*—, una los envía allí y se desentiende por completo; los chicos reciben toda clase de atenciones. El gimnasio tiene nuevos aparatos para mantener la figura —comentó el sari, elogiándose—, hay vibradores, rolos electrónicos: una maravilla. No se puede comprar en boutiques criollas —dijo la chica entre leves eructos de alcohol—, hay que darse viajecitos a New York y Miami. El vestido oscardelarenta hizo su entrada en el salón, lo acogieron voces amigas, lo invitaron a sentarse, le ofrecieron un coctel. Aceptó, trató de acomodarse lejos del pekinés. Miró al general, como sugiriéndole que ya se sentía mejor, se hundió en el sillón, casi olvidó la pesadilla del baño. Los criados colocaban las bandejas con la picadera. Casi de inmediato, los invitados extendieron los brazos: metieron las manos en las fuentes rebosantes de papitas, trincharon los jamones rellenos de queso, hincaron los dientes en las aceitunas negras, el pekinés se apoderó de una salchicha que le arrojó su dueña, los invitados se llenaron los puños de maní, de semillas de cajuil, se les hizo agua la boca con las berenjenas en vinagre y los pickles, crujieron los chicharrones en la boca del porsche, la bufanda lamió un pepinillo, la chaqueta deportiva engulló albóndigas. El guacamayo viejo observaba, feliz, la escena, mientras la beneficiencia aplaudía tanto apetito, la bufanda se atragantaba con un palito de queso, el vestido oscardelarenta sorbía su coctel, la cabeza engominada trituraba maníes y les echaba el ojo a los senos de los idiotizados blue-jeans que miraban al vestido oscardelarenta que miraba a la cabeza engominada que se hacía la zonza al saberse vigilada. Por unos instantes el grupo enmudeció, sólo se oía el chirriar de dientes, el gluglutear ansioso de las gargantas. De vez en cuando alguno profería una frase de elogio y celebraba la exquisitez y el buen gusto de los anfitriones. Estos, saboreando la escena, pensaban en la admiración que el comedor provocaría en los invitados, y el guacamayo viejo calculaba el deslumbramiento que causaría el plato principal y su alegría no podía ser mayor: zapateaba y sorbía un trago de la rara mezcla que había continuado preparándose.

Sin que les dejaran engullir por completo la picadera, los invitados fueron llamados a pasar al comedor, con graciosos sonidos de campanilla. El maître, vestido con un frac algo bayo por el uso, los recibía a la puerta del lujoso comedor, con una sonrisa estereotipada. Todo había sido dispuesto con el mayor cuidado. Una soberbia decoración sorprendió a los invitados. Había porcelana de *Limoges* y un mantel bordado cubría la gran mesa. Como adorno central de la misma, hicieron colocar esmerados arreglos florales a base de margaritas silvestres. La vajilla de plata y los vasos y copas de cristal de roca se hallaban dispuestos, esperaban ser usados por el grupo. Los anfitriones, muy solemnes, invitaban a los presentes a sentarse, de derecha a izquierda, desde el fondo del salón hasta dar la vuelta completa a la mesa rectangular, en el siguiente orden: el anfitrión, la esposa del anfitrión, el alto funcionario, la esposa del alto funcionario, la cronista social retirada, el general, la generala, el joven industrial, la chica. Una mirada del anfitrión bastó para que el maître ordenara la entrada de otros antipastos, con un ademán que aquél juzgó demasiado afectado. Los criados sirvieron las anchoas, los trocitos de pulpo, los cocteles de camarones, y después trajeron un humeante caldo pardusco que abrió aún más el apetito de los comensales. El general, haciendo gala de una torpeza que no había podido superar ni siquiera en su estadía en West Point, manchó, de entrada, las insignias de su pecho. Esta situación generó cierto desasosiego en la generala, quien de repente sintió que le volvían los dolores del hipogastrio. La esposa del alto funcionario, luego de unas cuantas cucharadas, se excusó y fue a dar al baño, aterrada por la idea de que la peluca pudiera zafarse y caer en la alcuza de caldo. El alto funcionario se mostró imperturbable ante la salida de su mujer, aunque sabía perfectamente adónde iba y cuál era el propósito de su repentino viaje. Continuó sorbiendo el líquido sonoramente, como si nada le preocupara. La chica, medio borracha ya, reía estrepitosamente y le guiñaba un ojo al maître, le señalaba la copa vacía, le sugería que trajera el vino. El maître pareció despertar de un sueño y descorchó las botellas. Acostumbrado a servir en casas de embajadores y ministros, titubeó al elegir entre vinos franceses, españoles e italianos. Tal vez molestara a algún extranjero presente la omisión de su país. Miró las caras de todos y pensó que ningún indicio permitía colegir que fuesen europeos. Sin duda se trataba de dominicanos de pura cepa: de ser así, no tenía que preocuparse, la selección de un vino francés no le haría quedar mal, y echó mano de un *Châteauneuf-du-Pape.* Lo francés, pensó, es el foco de atención principal de los nuevos ricos. El industrial acechaba, de hito en hito, la atrevida actitud de la chica, la vergüenza en que lo sumía en aquel momento en que los ojos se levantaban de los platos de caldo para fijarse en ella. Poco después, la voz de guacamayo viejo se elevó por sobre los murmullos y risitas y anunció el plato de la noche: MOUTON RÔTI AUX POMMES FRITES, preparado por el chef, especialmente ideado y dirigido por el propio anfitrión. A nadie le pareció aquello un desbarro. Todos pensaron en un suculento plato francés cuya originalidad radicaba no en el exotismo, sino en la exquisita selección y preparación. La cronista, con un suspiro, se planteó de inmediato su retorno a la crónica social, pretextando una reseña sobre la fiesta a la que asistía. En esa crónica daría cuenta de cada pequeño detalle allí observado. Ya se hacía la idea de varios artículos: uno de ellos ponderaría el decorado, aunque por fuerza tuviera que omitir las muestras de mal gusto de que había sido testigo; otro lo dedicaría a la descripción de los personajes (así podría vengarse de algunos enemigos); y, por supuesto, no faltaría otro dedicado al manjar que ahora anunciaba el anfitrión. Trajeron una enorme bandeja en el momento en que hacía su aparición la esposa del alto funcionario y, acto seguido, salía la generala dejando tras de sí el inconfundible aroma de su perfume francés. La fascinación prendió en los invitados al observar aquella maravilla culinaria: carnero asado, puesto en un césped de papas fritas y hojas de lechuga. La originalidad e imaginación del anfitrión no pudo menos que arrancar frases de elogio de parte de los presentes, que por un momento no se atrevieron a moverse de sus puestos, estupefactos ante aquel prodigioso asado. El general pateó de contento e hizo sonar sus insignias, aprovechando que su mujer había salido. El industrial contempló el cuerpo del carnero horneado y pensó que la ingestión de la carne tal vez le restituyera la potencia sexual perdida. Eso lo había oído en algún lugar. La chica admiró con palabras sinceras la perfección del asado, juzgó muy apropiado el aderezo. La esposa del alto funcionario pidió la receta a la anfitriona y ésta le contestó que el hallazgo era competencia total de su marido, a quien habría que condecorar por aquella genial idea. Todos rieron. El alto funcionario preguntó dónde podía comprarse ese tipo de carne, pues era obvio que los anfitriones habían recurrido a una carnicería exclusiva, todavía no muy del dominio público. El anfitrión asintió y habló para decir que al final de la fiesta todos conocerían el secreto de su hallazgo si se portaban bien y le hacían el honor de probar el asado. Los criados celebraban en silencio el privilegio de compartir, aunque fuese con los ojos, aquella prodigalidad de su amo, confiados en tocar alguna porción de restos cuando los invitados se satisficieran. El maître escanciaba el vino en las copas, al tiempo que el anfitrión trinchaba la carne jugosa, el pekinés gruñía de contento, la anfitriona se lamía, de satisfacción, los labios, el general pateaba, el industrial sentía un calor estimulante en las venas, la chica reía, la esposa del alto funcionario agarraba el cuchillo y el tenedor y miraba los pedazos de carne que se desprendían del hermoso asado. Su marido la emulaba, movía los ojos nerviosamente. La generala reingresó en el comedor y tomó asiento. Cada vez que el cuchillo penetraba en la pringosa superficie del asado saltaban chisguetes de mayonesa, se escapaba algún pimiento aprisionado en una zanja, se oía la crepitación de la piel tostada, convertida en chicharrón, emanaba alguna esencia de salsa china que a todos atolondraba. Comieron hasta la hartura, canibalizaron el asado en breve tiempo. El vino acentuó el tono de la alegría, los chistes eran cada instante más chispeantes. La esposa del alto funcionario le recordó al anfitrión su promesa de hacerle llegar la receta. La generala pidió un pedazo de muslo para llevarlo a casa. Los hombres exigieron licores para asentar el plato. Se sirvieron licores de frutas y brandy y los hombres fumaron cigarros y cigarrillos americanos. La cronista soñaba con un título cariñoso para su artículo primero: INOLVIDABLE FIESTA INTIMA. El pekinés le exigía otro pedazo de carne y amenazaba con dejar sin cena a los criados, quienes, pacientes y modosos, aguardaban el fin de la misma para hacerse cargo de los restos. Después de algunos minutos de conversación los invitados pasaron al salón nuevamente. Reinaba la alegría y nadie había advertido el cambio que ya se operaba en todos. La primera en notarlo fue la esposa del alto funcionario, quien se acercó al espejo del salón a comprobar si su peluca se hallaba en correcta posición. Su sorpresa no fue poca al comprobar el repentino cambio de color de su piel. Pensó que quizá tanto vino le hacía creer en una mutación inexistente. Y llamó a la generala para constatar que ésta se hallaba también afectada por el fenómeno. Ambas se miraron al espejo y observaron sus respectivos colores: escarlata y glauco. Rieron de buena gana y lo atribuyeron al *Grand Marnier* de sobremesa. Cuando el general se acercó, curioso ante la repentina alegría de su mujer, se vio convertido en una figura color sepia, lo cual no dejó de indignarle y juzgó dudosa la calidad del blanqueador que hacía años aplicaba sobre su piel para atenuar la negrura. En unos minutos todos se agruparon frente al espejo y admiraban su nueva identidad. El alto funcionario parecía atacado por el escorbuto, teñido por una tonalidad gualda. El industrial se veía de añil. El anfitrión de ámbar. Las mujeres parecían más contentas, como si probaran nuevos maquillajes: la chica de lila, la esposa del anfitrión de púrpura y la caquéctica cronista de carmelita. Se escudriñaban, se frotaban la piel sin resignarse a su nuevo color. Al principio hubo un barullo y algunas expresiones de descontento del industrial y la generala por el color que les había tocado en suerte. Alguien dijo que estaban completamente borrachos y eso les hacía ver visiones, que lo del color era la prueba irrefutable de lo que decía. Otro sugirió rabiosamente que los anfitriones habían jugado sucio al poner un ingrediente extraño en el asado. En seguida los dueños de la casa protestaron con energía, pero se dejaron interrumpir por la chica, quien propuso a todos que se desnudaran para combatir el miedo y verificar si la coloración era uniforme en el resto del cuerpo. La generala y la cronista recibieron la propuesta como un insulto, una porque no quería descincharse el corsé y la faja y la otra porque debía mantener en secreto la vergüenza de sus huesos. Casi se acercaron a la muchacha para golpearla, pero los hombres arma-

ron un vocerío de aprobación que acalló a las incon-
formistas. Aunque deseaba con vehemencia participar
en el juego, el general pensó en su responsabilidad militar, que le impedía prestarse para actos semejantes.
Pero luego pensó que aquella era una fiesta privada y
nadie tenía que enterarse ni exigirle una conducta rígida, y además, quería ver qué tal era la borrachina
aquella que tanto le había coqueteado durante la noche. Repentinamente se fue la luz y no se oyó a nadie
lanzar las imprecaciones que suelen mascullarse cuando ocurre un apagón. Alguna mano había interrumpi-
do la energía eléctrica, dejando el salón en penumbras,
con la luz violácea que la noche proyectaba a través
de los cristales. Se oyó un rasgueo de cremalleras, el
sonido atrevido de un vestido de georgette, el murmullo de la gabardina y otras telas nobles, el tableteo apagado de los tacones, el mugido de alguien que luchaba
por deshacerse de una prenda íntima, una que secre-
teaba pidiendo auxilio, otro que se lanzaba en un diván acompañado de alguien, entonando ambos un cuchicheo desigual. Hermanados en la penumbra, los
cuerpos se desplazaban hacia los rincones, las parejas
se acomodaban. La voz de guacamayo viejo ordenó
otra ronda de licores, decisión que fue aprobada por
los demás. Muy de cerca, por entre las cortinas, los
ojos curiosos de los sirvientes captaban pedazos de la
escena final: vieron la sombra de un hombre alto y
fornido discutiendo con una sombra bajita y rolliza.
Vieron al amo, ayudado por el ama, que ajetreaba entre las sombras, llevaba tragos, complacía a todos.
Vieron una silueta delgada de mujer y otra masculina

acariciándose cerca de una columna. Vieron una sombra laminar que daba vueltas por el salón y se sentaba
al piano, tornaba a ponerse de pie, seguida en sus movimientos por una sombra de cuadrúpedo. Oyeron cómo los ruidos iban encendiéndose en el diván, junto a
la ventana, y cómo la sombra gordinflona se iba a dor-
mitar a un sofá después de unas cuantas palabras gro-
seras entre ella y la sombra del hombre alto y fornido.
Vieron la silueta de este mismo hombre que buscaba
la compañía de la sombra laminar y que ésta lo rechazaba con violencia y se quedaba acariciando la sombra
del cuadrúpedo. Vieron la misma silueta fornida que
se acercaba a la silueta delgada de mujer, que golpeaba a la silueta masculina que la acompañaba. Vieron
cómo las sombras del diván se quedaban dormidas,
oyeron a otra roncar en un sofá, vieron una puerta
que se cerraba y la silueta fornida y la silueta esbelta
que desaparecían. Y vieron cómo la sombra laminar
acariciaba la sombra del cuadrúpedo y lloriqueaba, lloriqueaba amargamente mientras del reloj de péndulo
salían doce campanadas que anunciaban la inminente
entrada de un nuevo día.

Con papá en casa de Madame Sophie

♦♦♦

—Te llevo a conocer el mundo.

Fueron sus primeras palabras después de largo silencio. Puso el auto en marcha con inusitado entusiasmo. Parecía un adolescente vestido con esa camisa extravagante. Ensayaba gestos impetuosos y juveniles, sonreía, chisteaba. Ahora no puedo evitar que las escenas se repitan una y otra vez con persistencia malsana: retomo el hilo de los hechos, contemplo su cara iluminada por una alegría poco convincente, evoco los momentos de aquel día en que me llevó a conocer el mundo, su mundo secreto y sórdido.

Hoy está bien muerto y es sincero como nunca, lo dice su rostro tieso bajo la máscara funeraria. Hoy

De: *Testimonios y profanaciones.*

puedo recordarlo sin rencor, porque esa fue la única ocasión en que dijo adiós a las fórmulas.

—Tienes que aprender a vivir la vida.

Repetía sus frases prefabricadas cada cierto tiempo, para que yo pudiese reflexionar sobre la anterior y me hiciese una idea aproximada del propósito del viaje. Lo hacía maliciosamente, sin mirarme. No me sentía obligado a contestar. Sus palabras intentaban producir efectos precisos y creo que lo lograba. De ahí el estilo sentencioso y rotundo que delataba su amplia experiencia. Yo me dejaba llevar, ajeno a sus planes. Lo único trascendente en ese momento era mantener mi identidad, acaso la mejor manifestación de cierta soterrada rebeldía. El no hablaba conmigo, lo hacía para sí, con ese aire despreocupado y jovial que constituía la forma más refinada de su carácter solitario. Yo no estaba contento; tampoco disgustado. Miraba los meteoritos que nos rebasaban en la autopista y olvidaba que papá existía, que iba junto a mí, guiándome hacia su gloria, que debía sentirme agradecido de su benignidad.

Llegan compañeros y amigos. Silenciosos, van hasta el féretro, miran la cara pétrea de papá, tal vez examinen el impecable traje negro, la vieja corbata de apariencia nueva recogida dignamente en el pecho por un alfiler de oro. Algunos de los que vienen me dan fuertes abrazos, se compadecen de mí (lo adivino en los semblantes); las mujeres, llorosas, me besan; otros me dicen expresiones que no entiendo porque son apenas susurros emitidos con prisa y desgana. Mi esposa Laura se seca las lágrimas y me mira apenada porque sin duda calcula las proporciones del escándalo. Soy el centro de la ceremonia (papá es un punto de referencia sin vida) y puedo darme el lujo de enmudecer. Por supuesto, aunque conservo el empaque de un hombre adolorido, me resisto a mirar de nuevo el rostro pálido de papá. Aborrezco su expresión rígida, sus ojos aplastados, sus labios morados, la dureza de sus pómulos resecos.

Cuando salimos de la ciudad, papá encendió el tocacintas. Habíamos oído la grabación cientos de veces, pero él no se hastiaba de esa horrible voz azucarada (por más que trato no recuerdo el nombre de la artista) que despachaba, una tras otra, absurdas canciones de amor. Pero a él le encantaban. Iba embelesado con el mágico ritmo de aquellos boleros insensatos, tarareaba trozos y golpeaba el guía con el anillo de su anular izquierdo. Me provocaban náusea las vaharadas de *Varón Dandy* que despedía su cuerpo cercano. Hubo instantes en que quise pedirle que me dejase bajar del auto, irritado por los ramos escandalosos de su guayabera. No me atreví, nunca pude rebelarme, ni siquiera aquel día de aventura y vejamen. Siempre tuve miedo de sus manos velludas, su voz cortante, su mirada escrutadora, sus órdenes implacables. Por eso aquel día me dejé llevar. Acompañaba a alguien que me costaba trabajo identificar, pues de pronto habían desaparecido la actitud grave de las mañanas en que leía el diario en su sillón de plumas, la distancia que nos separaba a la hora de las comidas, el maletín, la presumida camisa blanca, la corbata oscura, la americana a cuadros, la pipa groseramente eficaz.

—Vas a gozar de lo lindo.

Eso lo dijo como si echase abajo una barrera infinita. Desconozco si en algún momento pensó que estaba violando mi derecho de decisión, si se detuvo a pensar que quince años eran muchos para tratarme como a un niño, pocos para hablarme como a un hombre. Estaba obcecado y sólo atinaba a romper el hielo que había entre nosotros, asegurándose de que su gozo coincidiese punto por punto con el mío.

—¿Alguna vez...? —cortó la frase ladinamente.

—¿Qué? —dije, idiotizado.

—Olvídalo, no tiene importancia. Después de todo, estamos entrando... quiero que lo pases bien en tu cumpleaños... voy a hacerte un regalo extraordinario... ya verás.

Entramos por una carreterita asfaltada que conducía a una casa no visible desde la autopista. La casa, muy grande, acaso construida diez o quince años atrás, tenía cuatro columnas jónicas que precedían a una espaciosa galería y estaba separada del patio por una balaustrada de caoba pulida. Daban ganas de tumbarse en la tersa yerba verdísima y quedarse allí mirando el campo que se extendía detrás. Papá apagó el tocacintas y la voz azucarada se desvaneció. Metimos el auto en un pequeño garaje lateral a la casa. Al bajar observé detenidamente a papá. Medí de nuevo su figura y me dije que andaba en compañía de un padre muy joven (había cumplido los cuarenticinco en esos días) y, en todo caso, de un camarada bastante viejo. Tocó el timbre y se arregló el pelo con su inseparable peinecito de concha de carey. Una mujer entreabrió la puer-

ta. De seguro conocía bien a papá porque en seguida
la abrió de par en par y lanzó una exclamación de
júbilo:

— ¡Don Octavio, qué gusto me da verlo... pase!

La mujer no había advertido mi presencia. Yo permanecía rezagado, justo detrás de papá. Lo que faltaba era que le pidiese protección para entrar a la casa
cobijado por su sombra. Esa idea me hizo sentir ridículo y me desprecié.

—Mi hijo Tavito —dijo él con seriedad fingida.

No sé si la mujer reprodujo palabras del ritual de
presentaciones, quizá me las hiciese olvidar su mano
regordeta al manosearme. Enrojecido por la sensación
de hormigas bobas que esa caricia inesperada producía en mi piel, bajé los ojos y balbucí una frase. La
mujer nos hizo pasar. Caminaba delante de nosotros
sin decir nada, como si supiese exactamente lo que papá
quería. Había plantas en los rincones y canastas col-
gando del plafond: cactus, helechos gigantes, orquí-
deas increíbles, begonias, clepsidras en un estanque
artificial. Pero todo estaba demasiado oscuro y había
algo que me molestaba: el ambiente general, ciertos
objetos, no sé.

La mujer nos acomodó en una salita y papá y ella
secretearon durante unos segundos. Después recurrió
a una sonrisa de muñeca mecánica al excusarse y subió al segundo piso. Una luz incierta nos alumbraba;
yo, no obstante, acechaba la cara complacida de papá.

Entra un hombre con una corona de claveles blancos y la deja junto al cadáver. Desde aquí puedo leer
las letras de escarcha plateada: "Los empleados de la

Compañía de Seguros, a su inolvidable Jefe". El hombre sale con una prisa irreverente y a poco comienzo a sentir la fragancia luctuosa de las flores mezclada con humo de tabaco. Ahora papá no puede aspirar el odioso perfume de las flores albas (es una suerte), ni su mano tiene fuerzas para encender un cigarro de los que tanto le gustaban. El está ahí, roblizo, descansando sin tiempo en un ataúd afelpado, cuya tapa abierta invita a comprobar la lozanía del muerto a pesar de sus cincuentisiete años, a pesar de las horas que hace que la sangre no le circula por las venas.

Vistiendo larga bata de organdí y en medio de singular algazara, la inmensa mujer bajaba la escalera. Movía el cuerpo ágilmente, reía, decía palabras que al principio no entendí bien. Madame Sophie descendía de su trono y se acercaba a nosotros con los brazos abiertos, las manos colmadas de anillos, las larguísimas uñas pavorosamente rojas, el meneo del cuerpo hidrópico, la vitalidad alegre del rostro pardo, los labios pintados de bermellón.

— ¡Octavio, *mon amour, c'est toi!* —exclamó.

Mi oído comenzó a acostumbrarse al francés de Madame Sophie, originario de un Puerto Príncipe donde abunda toda clase de prostíbulos. Papá y ella se abrazaron voluptuosamente. Oí el sonoro beso que dejó una huella en la afeitada cara de papá y los requiebros que éste le decía en su francés portuario, agarrándola por la cintura como si fuese a besarla. En recompensa, ella le decía mil galanteos.

—Mi hijo Tavito, Sophie —dijo papá, señalándome orgulloso.

—*Ah, ton petit fils. Ça va bien, mon petit amour?*

Madame Sophie se sorprendió cuando respondí a su saludo en mi precario francés de bachillerato. En ese momento se abrió una compuerta de ternura en su corazón. Me agarró por la nuca y quiso besarme en los labios, pues vi que su grotesca boca venía directamente hacia la mía. Sin embargo, estampó la húmeda caricia en mi frente y luego me dio un abrazo estremecedor, que me obligó a pensar en mamá. Luego, tomando mi mano y echándole el brazo a papá, nos condujo a una salita privada. Hizo sonar una campanilla y vino Noemí, presuroso, con un meneo de títere circense.

—Diga, madán —gorjeó el sirviente, mirándonos con descaro a través del aleteo de sus largas pestañas temblorosas.

—Para don Octavio, lo de siempre, ¿verdad, *mon amour?*

—Sí, sí... —contestó papá algo distraído.

—¿Y tú, *cher enfant?*

La miré sin saber qué decir. Ella se dio cuenta de mi desorientación y ordenó:

—Para el joven un *Paradis du Caraïbe*, bien suave. Te va a gustar, *petit,* es una bebida que inventé en *Port-au-Prince.*

Papá, satisfecho de la intuición de Madame Sophie, sonreía, aprobaba esa maravillosa iniciación de su hijo único. En ese momento oí ruidos en la planta alta y miré el cielo raso de la salita. La lámpara oscilaba a consecuencia del guirigay de pasos y voces que provenía de arriba.

—Son unos bullosos que están aquí desde temprano —dijo Madame Sophie, disculpándose—. No hagas
caso, *petit,* ordenaré que los hagan callar.

Sonó la campanilla nuevamente y vino una mujer.

—Dígales al Licenciado y al Ingeniero que se con-
trolen. Ah, y haga venir a Nancy y a Tati.

—Sí, madán —respondió tímidamente la criada.

El sacerdote llena de humo el salón. Balancea el
incensario con oscilaciones isócronas, les echa el humo en la cara a los presentes. Muchos se levantan, hu-
ronean, hacen reverencias, se persignan. También yo
me pongo de pie y saludo al ministro con un leve movimiento de cabeza. Esta es una ceremonia inusual (su-
pongo) pero me satisface porque detesto ir a la iglesia.
Prefiero soportar aquí los latinajos del sacerdote y salir cuanto antes del asunto. Un grupo nos rodea. Varios se colocan detrás del sacerdote que rocía con
agua bendita el lugar sin fijarse en que arruina los zapatos de algunas ancianas. Por un instante siento deseos de mirar la cara de papá. Ahora el sacerdote tar-
tajea su oración fúnebre: le transforma el rostro una
patética expresión que solemniza el acto de despedida. Algunas mujeres lloran, yo saco mis gafas ahuma-
das y me las pongo, Laura estornuda, un desconocido
se suena, otro tose al final del salón.

Noemí colocó las bebidas en la mesa del centro.
Sus uñas violeta de gerifalte acicalado me produjeron
un asco inexplicable. Papá levantó su vaso lleno de
whisky y brindó por mi felicidad y la salud de Madame Sophie. Entonces me vi obligado a beber parte del
"paraíso caribeño". Tenía una singular propiedad ese

preparado de color almagre, mezcla de morapio, *Barbancourt* y jugo de cerezas: producía un placer inenarrable. Bebí casi medio vaso, hechizado por el sabor del líquido. Papá reía, achispado, se abría la camisa hasta la cintura, daba palmaditas en la rolliza cara de Madame Sophie.

Nancy y Tati (dos falenas inquietas y bullangueras) entraron a la salita y se colocaron en el centro del linóleo para que papá y yo pudiésemos elegir libremente. Madame Sophie creyó terminado su trabajo y pidió permiso para retirarse.

—Media vuelta —ordenó papá, con una voz que me pareció el rebuzno de un garañón.

Eligió a Tati, la sentó a su lado, le estampó una mordida en un brazo.

—Ajá, así me gustan las mujeres, que tengan la virtud de las langostas, ja, ja —dijo y le pellizcó el trasero a la muchacha.

Nancy se sentó junto a mí. Yo empezaba a sentir el torpor de la bebida y dejé caer la cabeza en los senos insomnes de mi compañera. Papá y Tati se dijeron algo que no entendí. Ella reía y reía, le picaba un ojo a Nancy.

—Mi hijo cumple años, necesitamos música —dijo papá torpemente. Se puso de pie y echó los sillones hacia atrás.

Tati se levantó y puso a funcionar un tocadiscos. Inmediatamente, ella y papá empezaron a bailar un bolemengue. Estaban muy pegados, unían sus pelvis en grávido vaivén: él quería horadarla y ella, cachonda, se empujaba contra el tronco lancinante. Nancy me había abierto la camisa y pasaba una mano por mis tetillas, besándome también en el cuello. Le había dicho que no quería bailar y se empeñaba en hacer su trabajo del mejor modo posible. Por primera vez en mis quince años bebía alcohol en grande, fumaba en grande, tenía sensaciones colosales. Papá dejó de ser la figura distante de la infancia, el viudo lejano e insondable que hacía pocos esfuerzos por comprender mi mundo. Viéndolo así, aferrado al trasero de Tati, no podía sentirme su hijo ni hacerle reverencias filiales. Nancy agarró mi mano y la frotó por su cuerpo, deteniéndola en las zonas erógenas.

—Las manos son para eso también —me susurró.

Entonces intenté unas caricias que me salieron muy toscas, aunque puse empeño en corresponder a los esfuerzos que ella hacía para contentarme. Mis manos viajaron por las mejillas arreboladas de carmín, se detuvieron en los músculos fofos del cuello, exploraron los senos, complaciéndose en la carnosidad arrugada de los pezones y subieron por los muslos maltratando las medias de seda. También mi boca hacía su trabajo. Era increíble, yo también podía, participaba, ponía en práctica lecciones aprendidas en mil películas prohibidas, me lanzaba definitivamente al jolgorio sensual del serrallo de Madame Sophie.

Ya no se oían ruidos en la planta alta; la algarabía de papá y Tati les cerraba el paso a las voces jocundas que celebraban la vida en otras habitaciones. Hacía demasiado calor. Papá se había quitado la camisa, sudaba, daba saltos de coribante o trapecista, según lo requiriese la melodía. Tati se sorprendía de la vitalidad del viejo y no sabía qué hacer para detenerlo. Nancy y yo bailábamos, despreocupados, abrazados pese al calor de la salita. De vez en cuando entraba Noemí con whisky, un *Paradis du Caraïbe* y dos ponches para las chicas. Noemí las miraba con desprecio y preguntaba cualquier cosa, se alisaba su mechón de Tongolele, buscaba excusas para mirarme.

El salón está repleto. Laura ha tenido que salir, casi ahogada por la pituita. Siguen entrando amigos y subalternos a decirme cuánto querían a papá, qué buen jefe era, y a deplorar, contritos, la pérdida de un hombre bueno y solidario. No respondo ni me quejo. A veces doy las gracias por pura cortesía. Todavía quedan trazas de incienso en el ambiente, pero el vaho dulzón de las flores termina imponiéndose: penetra en la nariz y viaja hasta el cerebro, le arranca el aliento fétido a las bocas cerradas, apaga el amargor de los cigarrillos, se confunde con el aroma del café. Papá sigue indiferente a todo, ya no le importa nada, estos procedimientos insensatos carecen de sentido para él, bien sé que no los aprobaría. Sin embargo, nada puede hacer para evitarlos, está condenado a soportar, pacientemente, que la cáfila de la oficina y el club le rinda hoy el tributo póstumo, le traiga coronas de gladiolos y claveles rojos, eche una última ojeada al hombre que odia o estima y a quien no conviene soslayar en el último instante.

—¡Hay que subir, mi hijo se estrena hoy! —gritó papá, obviamente encendido por el whisky.

Tati echó mano de una botella a medio consumir y Nancy se apoderó de los cigarrillos y los fósforos.

Papá caminaba tambaleándose, intentaba sin éxito ponerse la guayabera. Tati lo ayudaba a subir los escalones con gran esfuerzo, lo agarraba por el cinturón y le hacía apoyar un brazo en su hombro. Nancy y yo íbamos detrás, tomando precauciones porque temíamos que papá se desplomase en cualquier momento. Tati señaló una puerta y ambos entraron con estrépito. Antes de cerrar, papá nos miró con los ojos vidriosos y aconsejó:

— ¡Cójanlo suave, pero cójanlo!

Estaba borracho, nadie podía detenerlo en su carrera hacia la pérdida de la conciencia.

Nancy y yo entramos a la habitación. Ella me abrazó por detrás y apoyó su cabeza en mi espalda. Así estuvimos un rato: yo mirando la luz del sol que se apagaba tras unas colinas lejanas, ella sobando y mordisqueando mi cuerpo. Hasta ahí todo había marchado mucho mejor de lo que imaginé cuando la mujer abrió la puerta de par en par y papá y yo entramos a la casa. Mis reflejos habían sido excelentes a pesar de la inhibición que me produjeron las miradas de papá, la conversación banal de Madame Sophie, la presencia de Tati. Para Nancy no fue difícil desnudarse, su trabajo se redujo a un simple movimiento descendente del cierre y dos o tres giros para despojarse de lo que quedaba. El vestido voló hacia un sillón, las medias de seda quedaron en el espaldar de una silla y lo otro sobre un ventilador.

—Voy a lavarme —dijo con una voz inaudible.

Se lavó delante de mí y luego secó el sexo depilado. Según su código erótico es posible que esa fuese una escena de gran atractivo para los consumidores, que la usase como cebo para despertar pasiones dormidas. A mí realmente me causó extrañeza la imagen de la mujer aseándose en mis narices, e incluso cierto desagrado que no le manifesté.

Nancy se acercó con cautela gatuna y comenzó a quitarme la ropa. Ponía cuidado morboso en ese acto sensual tan frecuente en su trabajo. Debía estar acostumbrada a las posesiones violentas, a hombres que le sacan provecho a cada segundo. Yo, en cambio, era un rorro al que había que enseñar a hacer las cosas. Y eso atraía su curiosidad, la encandilaba, provocaba ademanes y frases. Sin darme cuenta quedé desnudo sobre la cama. Nancy contempló mi cuerpo con ojos voraces y pasó su mano por mi carne, ahora hecha piel de gallina. Sentí vergüenza, giré la cabeza hacia la pared, me cubrí con la sábana. Ese rechazo exacerbó su ánimo, pues tiró de la sábana firmemente, aunque sin violencia, y descubrió mi cuerpo rígido. Mis reflejos se precipitaron a un grado cero, me sentía incapaz de completar el juego que habíamos empezado en la salita, no sabía cómo enfrentar a la mujer que tenía frente a mí, que era toda mía sin la menor reserva. Ella movió los labios, inventó un gesto de compasión y desagrado. Había comprendido que los novatos necesitan confianza, deben botar la estúpida timidez y acercarse sin vacilaciones al punto de goce óptimo.

—Si quieres te sobo —sugirió apenada.

Le dije que sí con un canijo movimiento de cabeza. Nunca había sentido tanta humillación, tanto malestar. Nancy afanaba sobre mi cuerpo trasojado, dilaceraba mi carne con sus dientes, sus manos vapuleaban mi sexo anémico. Yo me esforzaba también, trataba de concentrarme, fantaseaba, buscaba en mi memoria algo que pudiese ayudar en la tremenda tarea de apuntalar mi virilidad, rescatar mi moral a la deriva. Por momentos parecía que los reflejos empezaban a responder, el miembro se hinchaba, erguía su cabeza rojiza, se sostenía. Entonces Nancy se lanzaba contra él, dispuesta a ser poseída (la enésima vez) por alguien que recién se iniciaba. El muy cobarde se arqueaba, enflaquecía, se apagaba, quedaba retorcido bajo el peso de la mujer.

Ninguno de los presentes se atrevería a escupirme una insolencia, ninguno tendrá el coraje de reírse de papá, alegando las raras circunstancias en que ocurrió su muerte (papá murió anoche encima de una hembrita, en casa de Madame Sophie). Sé que muchos comentan el incidente por lo bajo, sé que durante muchos días el tema será la comidilla de reuniones sociales, bailes, funerales, corrillos burocráticos. Todos lo saben, murmuran, se burlan (por impotentes), saben que muy pocos (quizá ninguno) tendrán la ventura de morir como él murió: en pleno centro de la dicha pasajera. El muerto azulado que yace desde hace horas en el decoroso ataúd fue un parrandero obstinado para quien la vida tenía forma de mujer, cara de mujer, voz de mujer.

Otros intentos resultaron igualmente frustratorios. Nancy oprimió un botón en el espaldar de la cama. Encendió un cigarrillo y luego me pasó la caja de *Kent*. Jugaba con las volutas, me ofrecía una tregua, una

oportunidad de recuperar los puntos que tan ridícula-
mente había perdido. Yo no quería seguir allí, esperaba la llamada salvadora de papá, su rescate inminente. Fumé sin deseos, temía la mirada insidiosa de Nancy, las frases que me harían sentir aún peor. Apretó
de nuevo el botón y masculló algo. Segundos después
tocaron. Ella se levantó y caminó desnuda hasta la
puerta. Por la abertura se colaron la voz arrogante de
Noemí y un ojo enrojecido e intrigante. Nancy man-
dó traer bebida y cerró sin darle tiempo para nada a
Noemí.

—Ánimo, hombre, qué te pasa —me dijo ella, casi
maternal.

Yo no sabía dónde meter la cara, de pronto mis
reservas se agotaron y quedaba en manos de aquella
mujer sin poder moverme, sin razón de protestar, sin
la menor posibilidad de abandonar la cama torturan-
te. No cesaba de preguntarme qué diablos era lo que
me pasaba. Nancy no era desagradable, tenía la piel
suave, olía bien, me gustaba. Yo no respondía, cuando llegaba el momento de penetrarla mi sexo se en-
cogía, negado de plano a ingresar al túnel húmedo. Lo
que me causaba más irritación era mi debilidad, una
debilidad injustificable. Yo creía haberme preparado
para ese momento decisivo, crucial en la vida del hombre. Jamás presentí un derrumbe tan escandaloso. Es
cierto que todos vamos con miedo, pero mi caso era
extraño. Nancy confiaba en su pericia. Es posible que
temiese alguna consecuencia de mi fracaso, tal vez no
conseguir plata. A mí no se me hubiese ocurrido decirle al viejo una palabra, habría sido como confesarle

que tenía lepra y que la virilidad se me caía pedazo a pedazo. El no iba a perdonar que le hiciese eso en casa de Madame Sophie, que se corriese la voz de que su hijo era flojo y hasta cosas peores.

Noemí trajo dos vasos, una hielera, una botella chata. Nancy habló de las excelentes cualidades afrodisíacas del whisky y me sirvió una cantidad enorme. Bebí como un loco, sin medir los efectos.

—Así no, te vas a emborrachar y luego nada funciona —dijo, lejana.

Trepó a la cama y reinició la frotación de mis partes vulnerables. Me entregué, dispuesto a enmendarme. Yo también sobaba, mordisqueaba, daba besos, tenaceaba su cuerpo con mis piernas de baloncelista en agraz. Poco a poco sentía que me volvían las fuerzas, que muy pronto sería capaz de hacer lo que todo hombre completo hace, de demostrar que no estaba impedido, que podía disfrutar de la vida como cualquier hijo de vecino; le haría ver a Nancy que yo no me rendía en esa ciega lucha tenaz de mi cuerpo contra el suyo. Me coloqué encima, busqué la entrada sin hallarla. Ella señalaba el sitio exacto, pero yo perdía impulso, sudaba, me desgarraba torpemente, sentía que el miembro renunciaba demasiado pronto a su turgencia y rehuía, cobarde, ineficaz, el contacto sedoso de la vagina.

A papá le quedan unos minutos en este salón de espectáculos. Varios hombres retiran las coronas y las llevan al carro fúnebre. Queda un vaho de rosas, claveles, lirios. La atmósfera congestionada se carga de bisbiseos y llanto de familiares. Unas tías, muy viejas, se aferran del ataúd, gimen, estridulan con gritos desapacibles y lastimeros. No lloran la muerte del hermano, sino las suyas. Las abrazo en silencio sin decirles que no deben acongojarse, que quizás ellas vean a muchos de nosotros partir al otro barrio antes de que se decidan a abandonar sus activos panderos, la tibia penumbra de sus casas coloniales, sus sillones de cordobán, los caldos de las once de la mañana, los novenarios en el Convento. Sólo espero la llegada de Madame Sophie para dar la orden de partida. Ella tiene que venir aunque únicamente sea para ver la vieja cara maquillada de papá y lamentar esta pérdida con ademanes de veterana actriz. No la he visto en años, pero aguardo su llegada, su consuelo inefable. Vendrá a darle el pésame al hijo único de uno de sus mejores clientes, a buscar la cuota de complicidad que tanto espera de mí. Papá no debe ser retirado sin esas lágrimas postreras de su amiga y proveedora de siempre. Comprendo que sería una insensatez odiar a Madame Sophie y al submundo que ella encarna. Lo mismo me ocurre con papá: hoy lo veo partir como a un viejo compañero al que no desprecio ni estimo, aunque es posible que mi frialdad esconda una venganza largo tiempo dormida.

Nos sentamos en el balconcito que daba al campo. Nancy se había puesto una chilaba; yo estaba vestido, tenía la cara macilenta de tanto esfuerzo. Hablamos bastante pero no tocamos el tema de mi incapacidad. Le había pagado sus servicios con los billetes que me entregó papá antes de subir y ella parecía contenta. Había sido recompensada por su paciencia. Me contó su vida, tan lineal y folletinesca como la de tantas otras mujeres como ella, me habló de los deseos de montar su propio local (más lujoso y confortable que el de su patrona Sophie) y relató las oportunidades y perjuicios de su trabajo en esta próspera ciudad que consume vorazmente todo lo que en materia de diversión se le ofrece. Yo respiraba tranquilamente, embebido en aquella historia, feliz de haberme zafado del suplicio de la cama. En el fondo, la vergüenza me perseguía.

Los gritos de Tati nos dieron la señal de alarma. Nancy y yo volamos al corredor y vimos, azorados, un cuadro penoso: papá, desnudo, tambaleante, gruñía y amenazaba a Tati con una botella. La había golpeado bastante y ahora intentaba cortarla. Dos hombres (el licenciado y el ingeniero del guirigay) lo disuadían con firmeza, lo agarraban por los brazos, le gritaban. Papá chillaba, maldecía, súbitamente transformado por no sé qué causa. Tati no se atrevía a moverse del sitio en que la había acorralado. Algunos clientes asomaban la cabeza y se quedaban observando la trifulca, otros se acercaban y recomendaban soluciones estúpidas. Madame Sohpie amenazaba con llamar a la policía y retirarle al viejo su confianza. Yo me acerqué, le pedí a papá que se calmase. Creo que entonces se percató de que estaba desnudo y tuvo deseos de cubrirse.

—Llévenlo a mi cuarto —sugirió Madame Sohpie, calculando que había pasado el peligro.

El se dejó llevar, no tenía fuerzas, estaba borracho, intoxicado. Lo acostamos y la madame le echó una sábana encima. Después que quedamos él y yo solos le puse la ropa. No era una situación nueva, estaba cansado de desvestirlo en casa, en circunstancias semejantes, pero ahora me sentía raro en aquel estrafalario burdel.

Noemí trajo café y le pedí a papá que bebiese unos sorbos mientras le ataba los zapatos. Después Noemí me ayudó a bajarlo e introducirlo en el auto. En la puerta, Madame Sophie me dio un beso y me preguntó si tenía permiso de conducir.

—*Ton père est bon, mais il est très seul.*

De vuelta a casa, papá durmió todo el tiempo. La frase de Madame Sophie martillaba mis oídos: *"Tu padre es bueno, pero está muy solo"*. Manejé con cuidado, contento de que él no pudiese ver mi vergüenza, mis ojos llorosos, mis manos vacilantes. Cuando entramos a la casa, me observó con sus ojos adormecidos y, con voz pastosa y repugnante, dijo:

—Ya eres hombre, te felicito.

Me encerré en mi cuarto y no salí en todo el día.

Enigma

◆ ◆ ◆

Me deslicé con sigilo por la puerta del fondo, en puntas de pie, y esa fue la primera vez que lo encontré inmóvil, sentado frente a la ventana abierta de par en par, mirando al mar. Entré en silencio, con pasos felinos. Me llamó la atención su quietud y aquella estática postura. Estuve observándolo mientras me desabrochaba la bata y me sacaba los zapatos en espera de que hiciera un ademán, un pequeño ruido o señal de vida. Seguramente lucía cansada y debía tener unas ojeras atroces y los labios resecos y amoratados. No podía verme pero lo suponía. El siguió mirando al mar sin darse cuenta de que yo había llegado. Permanecía quieto, lanzando la mirada a través de la ven-

Del libro: *Callejón sin salida* (1975).

tana, por encima de la avenida y del interminable malecón que separa la acera de las rocas del farallón, y los ojos iban a empotrársele en el agua, a esa hora llena de irisaciones amarillas. Me cansé de esperar y quise acercarme, pero me detuve en seco cuando lo vi poner la mano en la ventana y levantar un poco la cabeza. Pensé que mi brusco movimiento al detenerme un instante antes le había advertido mi presencia. Volvió la mano al brazo de la butaca y se mantuvo inmóvil. Ese era el momento de romperlo todo, de no dejar que lo envolviera el retraimiento y la soledad. No fui capaz de sacarlo de aquel hoyo, no hablé lo necesario, no llamé a los amigos. En ese momento no pensé en nada útil porque no creí que se volviera insondable, ni creí tampoco que se transformara por completo a partir de esa misma tarde. Me hice solidaria entonces. En los minutos iniciales me convertí en una pieza más del juego de su mente y lo seguí. Quedé allí parada, viendo el respaldo de la vieja butaca y, por encima de ella, el dibujo de su cabeza petrificada.

Dije hola, echando a caminar de nuevo hacia la ventana. Él también hola sin volver la cara. ¿Cómo va la pierna? Mejor. ¿Duele? Me di cuenta de que habría que llevarlo al hospital para cambiarle el vendaje. No mucho. ¿Quieres fumar? Yo tenía la cajetilla en la mano, ahora no, más tarde. Con los cigarrillos en la mano sentí deseos, fui hasta la mesita donde estaba la cartera y busqué los fósforos. El humo anebló un momento los objetos de la casa, desvaneciendo en un azul indefinible el naranja que les llegaba del otro lado de la avenida. Veo que has estado mirando al mar. Me acerqué más a la ventana. Eso ayuda. Exhalé una bocanada de humo. No contestó. Está bonito, hace mucho que no tenía ese color; con la guerra comenzaron las lluvias y el mar perdió ese azul tan suyo, después se puso cobrizo, sucio, apestoso. Ya pasó, el color de las aguas va a cambiar ahora... y hoy no llovió ni ayer tampoco, ojalá que dure. Lancé otra chorrera de humo, sin percatarme que hablaba demasiado. Fumé con ansiedad el cigarrillo, hasta el filtro, dejé la colilla en un cenicero extraño: un tiesto del balcón. El había vuelto la vista al mar. ¿Tienes hambre? No, en absoluto, dijo sin quitar los ojos del agua. ¿Por qué no te animas y comes algo?, lo necesitas. Como quieras, habló secamente. No estás de buen humor esta tarde, y ya en la cocina agregué: eso se nota en seguida. No sé si te molestará... les dije a los muchachos que podían venir esta noche, quieren verte, ¿te molesta que les dijera? No, qué me va a molestar. Esta respuesta cortante me indicó que era tiempo de callar. Siguió mirando al mar desde la salita. Pensé que estaba recibiendo mensajes. La quietud inusitada de las aguas no me traicionaba, ese movimiento oscilatorio tan calmo debía significar algo.

Se levantó de la butaca en la que había estado horas muertas, tomó la muleta, abrió la puerta y salió. Ella, perdida en la meditación y atenta a la olluela, no se dio cuenta de que él abandonaba el apartamento. Bajó las escaleras sin pausa, arrastrando un dolorcito agrio que le punzaba la pierna débil, ahí, en el mismo lugar de la herida. En el edificio se oían murmullos y voces apagadas detrás de las puertas. Caminó despacio, agarrándose a la balaustrada y oyendo, magnificado por la acústica de la escalera, el golpe de la muleta en el granito de las losas. Cuando salió a la avenida aún se podía usar la última luz de la tarde. Caminó un trecho sin pararse, sin percatarse de otros peatones que cruzaban con indiferencia. Cruzó la avenida, caminó hasta alejarse bastante del edificio y llegó a un punto donde ella no podría detectarlo.

¿Se siente bien?, preguntó el desconocido. Sí, alcanzó a decir, acezante. Sólo estoy un poco cansado... Por el peso, ya me está pasando. Tenga cuidado, no es bueno abusar. Lo tendré, pierda cuidado. El desconocido prosiguió su camino sin volver la cara, satisfecho de su caridad. Unos palmos más allá encontró un buen sitio. Apoyó la muleta en un recodo del muro y se sentó de espaldas a la avenida, siempre mirando al mar. El naranja rutilante de la superficie se había transformado en un violeta oscuro que le daba en pleno rostro al farallón, trocando las rocas en engañosas figuras vibrátiles. El siguió inmóvil, con los ojos fijos en el agua, atento a un punto indefinido. Ni el cabello que le caía desordenado sobre la frente impidiéndole mirar con claridad, ni la brisa que había aventado la muleta sobre las rocas conseguían que se inmutara; tenía las manos enlazadas y la cabeza imperturbable sobre los hombros, como soldada.

No estaba en la sala cuando salí de la cocina. Creí que había ido al baño pero allí no lo hallé ni tampoco en el aposento. Me desprendí por la escalera hasta los apartamentos contiguos; nadie lo había visto y en cada puerta me decían lo mismo. Salí del edificio, la avenida estaba desierta a esa hora. Escudriñé el malecón y me pareció verlo a bastante distancia. Caminé entonces más despacio, aún excitada. El no se movió cuando llegué. No tenía fiebre. ¿Por qué no me dijiste?, fue lo único que se me ocurrió. No quería molestar. Volvamos a casa, propuse. El retorno fue lento; él llevaba un brazo alrededor de mi cuello y con el otro agarraba la muleta. ¿Qué hacías en el farallón? Mirando al mar. Puedes hacerlo desde la ventana. Quería estar más cerca. Parece que no comprendes, la herida se puede infectar. No se burló de mis frases cuasimaternales, se dejó llevar, con la vista en unos alcatraces grises. Quedaba un trocito de luz cuando llegamos a la puerta del edificio.

Comió poco, le pedí que hiciera un esfuerzo y apenas tocó la natilla y el pan. No sé cómo se me ocurrió preguntarle si quería seguir viviendo, nunca he comprendido por qué me salen frases tan imbéciles a veces, pero no puedo evitar el decirlas cuando las siento. Sí, dijo sin énfasis. Empecé a sentir miedo por los dos. Cuando terminamos él se fue a la butaca y se puso a mirar al plato negro que ya era el mar a esa hora, serpenteado por una luz ocre que proyectaba la luna en la superficie del agua. Vacilé, quería irme a la cocina y estar con él también. Por fin dejé la mesa descompuesta y me senté a su lado. No hablamos, estuve acariciando sus manos y después me puse a fumar. A sus pies podía ver el origen de la barba en la mandíbula inferior, nunca había visto una barba así de tupida. También veía los labios y algunos pelos taladrándole las cavidades de la nariz. Los ojos no, me lo impedían sus pómulos saltones; únicamente alcanzaba un pedazo de pestañas y algunos pelos de las cejas que claramente se distinguían del cabello. Los camaradas llamaron para decir que no vendrían, que tenían un coloquio en casa de no sé quién. Colgué el teléfono y me quedé junto a la mesita, deseando que él preguntara quién había telefoneado. Aparentemente ni se percató. Era difícil concebir que su mente se hallara en la habitación, aun de espaldas yo podía sentir su ausencia. Comencé a recoger los platos de la mesa, tuve la intención de pedirle que no se moviera de la butaca y pensé que eso le molestaría y no le dije nada.

Media hora después lo encontré en el farallón. Había vuelto a salir. El agua tenía un oleaje fuerte, ya no era un plato uniforme sino una masa alborotada; las olas chocaban contra las rocas y nos salpicaban de salitre. El no contestó ninguna de mis preguntas y yo comencé a llorar, agregando un imperceptible ruido más. No logré movilizarlo. Mi cara llorosa se avivó de súbito cuando una pareja pasó por la acera opuesta. Grité y no pareció escuchar. El hombre y la muchacha se besaron, se detuvieron y luego continuaron mientras yo seguía gritando desaforadamente. Tal vez el ruido de las olas apagaba mi voz porque caminaron hasta perderse en la avenida. En los edificios cercanos no quedaban luces encendidas ni ventanas abiertas, todavía la nuestra proyectaba la luz de la sala en medio de la noche. El cansancio me vencía, ya no sentía deseos de luchar ni podía hacer otra cosa que no fuera esperar.

Joven, va a coger una pulmonía, me despertó el viejo que recogía desperdicios en el farallón. Me había quedado dormida y no logré verlo todo con claridad en el primer instante. El mar había rescatado la quietud y el ruido de las olas contra las rocas era apenas perceptible. Por un momento no supe qué hacer, estaba atolondrada, quise buscarlo cuando noté que no estaba. Me costaba creer que hubiera atinado a cubrirme con el abrigo, todavía medio húmedo. Inspeccioné los alrededores, pregunté al viejo y éste soltó un atado de incoherencias. Ya en pie me sorprendió hallar la muleta flotando en el agua, rebotando contra las rocas. Eché un vistazo al pedazo de mar que jugueteaba más abajo y tampoco lo vi. Esperé a que hubiera más luz para bajar, aunque todavía tardaría el sol.

Pude verlo sentado en una roca, en un nivel inferior al que me hallaba. Ayudada por el viejo bajé. Lo llamé y no contestó. Desgarrándome el vestido lo empujé hasta hacerlo subir. ¿Qué hacía allí, señor? El viejo seguía sin comprender. Su hermana estaba como loca. Contemplé su pelo empapado, presentí que enfermaría, que no contestaría al viejo, que su boca se había cerrado y que todo esfuerzo por saber la razón sería inútil. Cuando rescatamos la muleta volvimos al apartamento. Dejé de sentir frío en las escaleras. Temía que algún vecino olisqueara nuestra presencia y por eso no hablé. Al entrar, la luz me golpeó y me lancé frenética a apagarla. Ya en la oscuridad adivinaba torpemente los objetos. El volvió a sentarse en la butaca. Antes de entrar en la habitación yo también me había detenido a mirar al mar, a hacerme mil preguntas desordenadas. A esa hora de crepúsculo al revés, en que el aliento vómico del mar se confundía con el vaho grasiento del apartamento y los colores del amanecer brotaban con rapidez inusitada, me descubrí molida, como si me hubieran dado una paliza. Me tiré en el sofá y me enrollé pensando que no podría ir a trabajar en la mañana.

Confiaba que todo pasaría aquel mismo día. Me equivoqué. El se adhirió a la butaca y soportó los cambios de la mañana sin comentarios, sin quejas, sin deseos. El sol subió y entró a puñetazos por la ventana, la avenida se pobló de ruidos, de autos, de gente. Me quedé con él, indecisa, dando vueltas locas por la sala, sin hablar porque habría sido una estupidez hacerlo, tragándome mi angustia. Llamé por teléfono a los muchachos y vinieron en seguida, alarmados de mi voz de enajenada. Fue inútil. Las preguntas flotaron en el aire sin que ninguno hablara, se limitaron a entrar con miedo, pisando suave como cuando acaba de morir alguien y no se quiere provocar accesos de llanto. Lo miraron, se acercaron a él, lo examinaron con cuidado, sin hablarle. Uno le recordó después los símbolos de amistad de los viejos tiempos, otro se tendió frente a la butaca y estuvo acechando el mar por los huecos del balcón. Yo no sabía qué hacer y fui a la cocina a preparar café, que tomamos en silencio. Al final uno me habló al oído. Luego se marcharon.

Estuve acurrucada en el sofá durante dos horas en las que volví a dormirme. El había vuelto a abandonar el apartamento, pero no tuve que acercarme al balcón ni bajar a la avenida para saber dónde lo hallaría. Estaba otra vez en el farallón, entre las rocas, contemplando su padremar, mi enigmar, con los labios descascarados de sol y agua salada y su pétrea mirada perdida. Fui al teléfono, levanté el auricular, marqué el número, esperé, me contestaron, les di algunos datos, salí al balcón. Hacía frío, me abroché el abrigo, miré cara a cara al sol de invierno y me puse a otear el mar y a esperar la ambulancia.

La insólita Irene

◆ ◆ ◆

Así es la vida de injusta y traicionera, uno se esfuerza en andar por camino claro y recto, trabajar como un animal mucho más de ocho horas diarias —que es lo corriente—, estudiar reventado, tener una ocupación que le permita a uno vivir decentemente, respetar la ley, casarse como Dios manda, ser, en dos palabras, un ciudadano honrado, y cuando comienza uno a estabilizarse, a progresar, con una casa aunque sea comprada a plazos y el carro casi pagado, queda uno preguntándose por qué no le sucederán cosas así a otros, no lo digo por la forma en que se fue Irene (todavía me cuesta trabajo creerlo y sólo he vuelto al lugar de los hechos porque me parece mentira que haya

De: *Callejón sin salida.*

dejado la comodidad de su casa sin cargos de conciencia), sino por lo que le cae a uno encima el día menos
pensado.

Irene me había pedido que la llevara de paseo al
campo. Ya no le satisfacían las vueltas por el Mirador
y unas cuantas cervezas en el restorán del lago; quería ver el campo a plena luz del día, meter los pies
desnudos en el agua de un arroyo, subir a una monta-
ña para sentirse alpinista amateur y atrapar mariposas.
Como las mujeres tienen sus caprichos y la pobre Irene pocas veces me pedía cosas y las semanas y los meses se los pasaba encerrada en la casa —excepto cuando visitaba a la mamá— cuidando de que todo estuviera en orden a mi regreso de algún viaje, me pareció
que no estaba mal que la complaciera. Un viajecito de
descanso al campo no me venía mal a mí tampoco.
Lo ideal era irnos al Cibao, allí la vegetación es pura
y uno se siente trasegado a un lugar lo que se dice
nice. Pero como yo estaba resentido aún de la última
bronquitis y todavía en marzo corre un friíto que enferma por esas lomas, le dije a Irene que iríamos al
sur. Quizás llegáramos a Barahona y de vuelta pasaría-
mos por Ocoa, donde vive la familia de mi mujer. Le
pareció increíble que yo mismo propusiera una ruta
y planificara con cuidado el paseo. Así tenía que ser.
Como viajante profesional no me gusta la improvi-
sación, me cuido de planear mis viajes, hacer las listas
de los clientes, agrupar las facturas atrasadas y hacer
un mapita de los sitios en que voy a detenerme. Si
algún cliente de esos que hablan hasta por los codos
me retiene más de lo debido, tengo un julepe del dia-

blo para lograr equilibrio otra vez. Pero comenzar sin plan jamás.

Empezó a preparar la ropa y hablarme de lo que haríamos. Yo la veía tan ilusionada que me puse a pensar en la suerte que había tenido casándome con ella. Cuando nos casamos la veía tan poco decidida a cumplir sus deberes de esposa que nunca hubiera creído entonces que llegaríamos al acoplamiento perfecto. El único punto en que nunca estuvimos de acuerdo era en eso de estar en la calle, paseando o visitando. Tuve que plantarme y exigirle más apego a la casa. Al principio aceptó de mala gana mi imposición. Demostró luego cuánto asimilaba mi manera de pensar y aceptaba que yo tenía razón. No iba a permitir que mi mujer anduviera por ahí como si no tuviese quien la protegiera. Eso no. Y tampoco nada de visitas. A mi casa sólo las hermanas y las mamás que son las únicas en quienes confío. Los amigos en la calle, las cafeterías, el estadio. En un santiamén hizo la maleta y arregló lo necesario para el viaje mientras yo llevaba el carro a la bomba a que le echaran gasolina y le dieran una lavadita, total que en el sur hay tanta sequía y polvo a principios de cuaresma, que de todos modos el carrito iba a volver hecho un desastre. Al llegar a la casa ya estaba en la puerta, vestida con pantalones blancos y blusita glauca —como ella decía— que le había traído yo del extranjero. Tenía una pañoleta que le cubría las orejas y hacía de su cara un melón adornado, una marioneta. La vi alegre, espontánea, dispuesta a irse conmigo al fin del mundo. Cuando vi su cara risueña pensé que era una mujer satisfecha de su vida conyugal, y le eché el brazo por el hombro. Se apoyó un instante sobre mi pecho, agarrándome con ambas manos.

Era final de marzo, un día claro como hoy, exactamente igual, por eso creo que voy a encontrarme con ella en cualquier momento, que va a decirme que la perdone por la tontería que hizo, que volvamos a lo de antes, a nuestra vida de entendimiento mutuo. Lo primero que hice fue no alejarme de la casa inmediatamente. Dimos una vuelta y volvimos a la estación gasolinera para que los muchachos revisaran el aceite y le dieran una chequeadita al agua del radiador. Mi carro estaba okey pero siempre es mejor asegurarse, por las dudas. Irene comenzaba a impacientarme: bajaba el vidrio, pasaba el paquete de novelitas que traía en la mano al asiento de atrás, miraba a todos lados. Sabía que estaba nerviosa y que de buena gana se habría fumado un cigarrillo, pero yo se lo tenía prohibido y por delicadeza ella no se atrevió. Volvimos a pasar por la casa, sólo para estar seguros de que nadie la rondaba, no quería que me fueran a robar el equipo estereofónico que acababa de comprar o la escopeta que me había regalado el Tío.

A veces Irene no comprendía mis razones y eso puedo entenderlo porque la pobre nunca tuvo mucho seso. Da pena decirlo en estos momentos, pero es la verdad. Yo la había elegido así, y así la quería. Una mujer que piensa demasiado puede convertirse en peligrosa. Inventará cosas, intrigará, vivirá descontenta; en fin, le arruinará la vida al marido. Irene era casi perfecta: no pensaba demasiado, aunque muchas ve-

ces daba muestras de cansancio, de querer escapar.
Por eso le compré el televisor, para que se divirtiera
en casa. Se lo compré de la mejor marca, dejando de
apostar a los caballos durante meses. Mis viajes me impedían llevarla al cine con frecuencia. Después que
nos mudamos a la urbanización hallaba lejos el centro
de la ciudad, estaba generalmente cansado y me dormía con el periódico en las rodillas antes de las nueve
de la noche. No quería que se sintiera inconforme y
por eso le compré el televisor y todo lo que necesitó
siempre. Complacía sus caprichos en lo posible, como también lo hice durante el viaje. No me queda
ningún remordimiento.

Después que pasamos la Cervecería enfilamos hacia el sur. Por ese lado la ciudad parece que va a juntarse con Haina, con esos proyectos masivos de construcción. Yo he tenido la precaución de hacerme de
ahorros, conseguir un solar del Estado y pedir un prés-
tamo al banco para construir mi casa con las comodidades que siempre soñé. En mi profesión (soy conta-
ble, pero tengo mi propio negocio: promoción y venta de electrodomésticos) uno no puede darse el lujo
de la suerte. Irene lo observaba todo con curiosidad
lepidóptera, marcadamente lepidóptera: sus ojos grandes, de los que surgían dos pestañas negrísimas de
rímel, atentos a los cambios de la carretera. Sus antenas atravesaban el vidrio y escrutaban pedazos de
edificios recién pintados, yerbajos crecidos en el camino, niños desnudos en las puertas de los ranchos. Disfrutaba del paseo, chupaba el sabor de la aridez que
ya se anunciaba a ambos lados de la carretera. Al pa-

sar el puente quiso que la dejara bajar a contemplar el río. Y dije que no. Tantas veces había visto yo el camino, el puente, la carretera, el puesto de peaje, que poco me decía su interés. A ella todo la enternecía, la hacía erguirse en el asiento, sacar peligrosamente la cabeza por la ventana y decir adiós a un desconocido que saludaba, o irrumpir en ahogadas palabras de inocente satisfacción.

Antes de llegar a San Cristóbal supe que el paseo no iba a terminar en nada bueno. Insistió en bajarse a ver un montecito donde había margaritas silvestres. Estábamos divirtiéndonos, no debía ser tacaño; detuve el carro y esperé a que cortara margaritas. En San Cristóbal paramos a desayunar. Irene tenía hambre. El comedor era el típico de pueblo: cuatro o cinco mesas de mantelitos a cuadros y detrás del mostrador una gorda cocinera despachando órdenes. Había pensado ir a un lugar más caro pero en un pueblo todo es lo mismo y en las fondas uno tiene que esperar menos. A los diez minutos de estar en el localito vino la gorda con dos platos humeantes y tazones de café con leche. Irene movía el azúcar despacito, sonriéndome después de cada círculo hecho en su tazón. Como no le gustaban los alimentos calientes creí que tibiaba su leche. Vinieron dos tigueritos y se pararon en la entrada del negocio, comiéndonos con los ojos. Irene les sonrió, les guiñó un ojo y ellos se taparon la cara con vergüenza. La gorda les dijo tres palabrotas, los espantó seguido. Al rato ya nos vigilaban de nuevo. Yo quise terminar pronto y le dije a Irene que se apurara, pero la buena tonta cogió el plato y el tazón, se levantó y fue a entregárselos a los tigueritos. Ellos se tragaron todo de un salto y la gorda les quitó la loza porque aseguró que eran capaces de llevársela al menor descuido.

—No le pelé a la doñita —me dijo la gorda con palabras finas—. Si eso la complace, déjela. A lo mejor hasta de encargo está.

Pensé que no valía la pena decirle que mucho me hubiera gustado encargarle a ella una faja para que represara aquel abdomen inmenso. Irene estaba contenta. Era un crimen echarle a perder el momento. Entre San Cristóbal y Baní la castigué un poco para hacerla caer en la cuenta de su inmadurez: enmudecí. Irene iba lo más quitada de bulla, jugando con las margaritas. El sur ya se palpaba en el polvo de la carretera, el tabuco de los montes, la guazábara reseca de los caminos. Unas vacas se atravesaron en el camino y me vi obligado a frenar. En eso Irene salió del carro y echó a correr hacia un lado de la carretera, hacia donde se alzaba una colina. Corría, gritaba, saltaba. Subí los vidrios, acerqué el carro a la vía de desahogo y me lancé tras ella. En vista de que últimamente estoy un poco gordo —un poco no, muy gordo— la carrera me sofocó bastante y no pude alcanzarla sino al llegar a lo alto de la loma. La buena zonza abría los brazos, daba vueltas con alharaca olvidándose del declive.

—Irene, tienes que estarte volviendo loca.

Casi sin hacerme caso, perdida en un mundo distinto, desconocido para mí, Irene bajó. En el carro continuó con su estupidez y abrió la ventana. Tuve ganas de regresar, dejarla en casa y salir con los amigos. Eso no resolvía el problema. Por otro lado me picó curiosidad el hecho de que Irene se portara como una boba y encima ni explicaciones me diera. Sentí calor cuando llegábamos a Baní. Ya no hablábamos: ella alelada, con sus disparates; yo atento a la carretera. El auto se llenó de tensión. Me quité el saco, me aflojé la chalina. Irene sonrió, tomó el saco y lo puso sin doblar en el asiento. El carrito saltaba como maco cada vez que caía en una tronera del camino. No bien el carro se atascó, Irene abrió la puerta y se precipitó a la orilla del puente, palmoteando como niña por no sé qué nueva bobada. Empezó a desnudarse: se quitó los zapatos, metía los pies en la corriente del río, sentada en una piedra. Lo peor de todo era que el agua le mojaba los pantalones y ella parecía no darse cuenta de nada. Me gritó que la acompañara. Para mí fue un alivio descubrir que todavía se percataba de mi existencia, pero un momento después pareció perder la noción de todo lo que la rodeaba. Se quitó los pantalones y la blusa, lista a lanzarse al agua.

— ¡IRENE!

Ni me miró. Tampoco supe si ya oía mis gritos. Chapoteaba en el agua con alegría loca; no era la Irene que yo había conocido, la que había traído paz a mi vida de solterón, no la reconocía. De ahí en adelante todo empeoró. Temí que se ahogara y fui a rescatarla.

—Irene, ¿te has vuelto loca?

Entre upis y risas incontenibles la saqué del agua, casi en cueros porque la ropa interior se le había pegado de tal forma al cuerpo que cualquiera no necesi-

taba mejor estímulo para atacarla. Acabamos de qui-
tarnos la ropa cerca del carro. La froté con una toalla
y saqué ropa de la maleta. En el carro, Irene no dijo
nada ante mis regaños. Su cuerpo desnudo despertó
en mí viejas ansiedades, dulces momentos no vividos
en muchos días. Su piel fresquita, la colonia untada
con discreción en partes tentadoras, me hicieron olvidar el rencor que sentía a causa de tantos sucesos extraños. El camino seguía solitario, perturbado sólo
por el cuchicheo de las aguas del río y las cigarras. Había una forma de calmar aquella ansiedad repentina
de la que ningún hombre puede escapar. Irene no reac-
cionó, mis caricias se volvieron violentas sin resultado,
se entregó con desinterés. Era la primera vez que eso
ocurría en nuestra vida matrimonial, era una derrota
en mi propio terreno, pero aquello no fue culpa mía.
Irene iba a formar parte de un mundo distinto y se estaba transformando.

A la desgracia de aquel día se agregaron las mariposas. Las mariposas fueron las seductoras que la ro-
baron de mi vida. Muy cerca de Baní salían de los caminos miles de mariposas que chocaban contra el pa-
rabrisas o evadían instintivamente el vidrio. Irene participaba de la sencilla gracia de los insectos. Los ojos
le saltaban, captaba cada vuelo precipitado, sus manos
hacían decepcionantes intentos de captura y hacía llamados confusos, invitaciones en clave, saludos de vieja amiga. Mi paciencia llegaba a su límite. Aquel viaje
no podía continuar. Sin embargo, la vida tiene sus ar-
bitrariedades y mantuve el pie en el acelerador. Las
mariposas aumentaban en número, se multiplicaban

los colores, salían de los árboles, invadían la carretera, correteaban locas, envueltas en la brisa cálida. Irene bajó el vidrio y por accidente algunas mariposas penetraron quedando atrapadas. Puso las rodillas en el asiento delantero y bajó el torso tratando de capturarlas, dejando el trasero bien visible. Era inútil luchar contra aquella chiquilla. Avancé un trecho y detuve el carro junto a un claro donde revoloteaban miles. Era muy tarde para llegar a Azua antes de que el sol comenzara a bajar. La hora era dura, el calor intenso. Irene se había quitado la blusa y hecho un colador de esos que usan los coleccionistas. Había algo de rito en su acto. Verlas volar le producía un placer que aumentaba con la cantidad. Ya semidesnuda no le bastó la blusa-colador y se bajó la falda. Me dije que era demasiado, mi mujer había perdido el juicio. Corrí tras ella: Irene daba vueltas con sus mariposas y yo con un sofoco del diablo tratando de agarrarla para que nadie la viera en esas fachas. No sé de dónde salía tanta agilidad y rapidez; mis esfuerzos eran vanos. Una tontera me fue atrapando, las mariposas aumentaban, me perseguían, quería zafarme y era imposible; miles de lepidópteros dejaban los capullos y salían a juntarse con Irene, quien corría alegre, completamente desnuda. Se había quitado toda la ropa y correteaba impaciente entre insectos multicolores. Ya no perseguía ni atrapaba, le bastaba corretear con las amigas y bailar al compás de su danza. Casi desmayado caí. Me levanté para seguir mi carrera tras Marirene; ahora todo era confuso, terriblemente confuso: veía a una mujer que se repartía en otras, eran varias Ireposas que se juntaban y separaban. Tenía que quedarme un buen rato sobre la hierba y esperar a que se le pasara la loquera a mi mujer. Pero comenzó a transformarse: un brazo se le trocó en un ala enorme, amarilla, con ojuelas negras, y luego el otro brazo lo mismo. Dio cuatro vueltas y así le salieron dos antenas grandes que se movían a cada lado. Las amiposas celebraban el ingreso de mi mujer al orden lepidóptero, del cual sería, indudablemente, miembro importante. El tórax se le cambió en un tronco ceniciento, cubierto de pelos diminutos, las piernas se le convirtieron en dos patas torcidas. Horroroso. ¡Irene hecha una horrenda mariposa! Me levanté y volví a caer, ya impotente. Me dejaría, levantaría vuelo y me dejaría. La Marirene gigante me sonrió y empequeñeció y desapareció con las otras.

Estoy en el lugar de los hechos, espero el regreso de Irene. Tiene que volver, no puede negarme la paz que su compañía siempre me ofreció.

Rumbo
al
mar

♦♦♦

Las aguas del Ozama me han traído hasta aquí.
Este viaje no es el resultado de un acto volitivo; tampoco la forma en que lo he realizado. Mi recorrido
sobre las aguas turbias del río se ha visto obstaculi-
zado por varios hechos imprevistos. Caí al agua
aventado por una fuerza enorme en una parte fangosa
y fría del río y eso me impidió moverme de inmediato. Allí estuve clavado, mientras se inundaba mi
interior, hasta que una corriente me impulsó con
tanto brío que logró sacarme del lodo. En esa orilla
cenagosa en que me encontraba, casi totalmente me-
tido en el lodo, no tuve ningún percance, nada me
molestó durante esos interminables minutos, pero

Del libro: *Viaje al otro mundo* (1973).

hubiera sido preferible quedarme allí, al amparo de los médanos.

Continué con rapidez por la parda superficie del río. No había sol. Mi forzosa salida se produjo en una indeterminada hora de la madrugada. Venía acompañado de troncos, hojas podridas, cartones deteriorados, pedazos inservibles de madera y restos de basura que lograron flotar fácilmente y seguían mi ruta: latas de jugo oxidadas, botellas de ron vacías, pedazos de papel periódico, cáscaras de plátano y no sé cuántas cosas más. No era buena compañía, pero habíamos partido juntos y yo no podía evitarlo. Ahora estoy aquí, en el acantilado, quieto, bajo el sol radiante de mayo, un día en que las gaviotas sobrevuelan cerca de la playa y más allá, en las proximidades de Sans Souci, las golondrinas están anunciando que los aguaceros van a continuar esta tarde. Antes de llegar al pie de este acantilado y que la furia de las olas me arrojara sobre la playa obligándome a permanecer en espera de que otras olas me ayuden a salir del fangal, un aceite negruzco me pringó el cuerpo a medida que me alejaba del puente. Ese aceite es tal vez un residuo de los cargueros (por cierto que no vi ninguno) que vienen al puerto. Del muelle salía una humareda continua que se intensificaba de cuando en cuando al menor golpe de viento. Pude notar que los depósitos habían sido destruidos casi por completo y que mucha mercancía estaba definitivamente arruinada. No se veía trabajando a la muchedumbre de siempre, a pesar de ser día laborable. Hoy es lunes y el muelle no tiene actividad. Bueno, eso mismo le pasa al resto de la ciudad, paralizada involuntariamente desde hace algunas semanas.

Pues cuando llegué al muelle, allí tropecé con unos maderos y no pude continuar inmediatamente mi ruta hacia el mar. Un soldado que hacía ronda por los alrededores, fatigado por la espera enojosa que no acaba nunca, me vio. Desconfiado, cuidándose de no ser visto, ocultándose tras una maquinaria aún en pie, estuvo observándome un momento, tratando de descubrir mi identidad. Imposible. Imposible como en todos los casos hasta el presente: nadie ha podido ayudarme o identificarme. Repuesto de la sorpresa, quiso darme una manito para que saliera del agua. Se agachó, tomó la carabina por la culata y trató inútilmente de sacarme de entre los maderos y llevarme a tierra. El estaba muy cerca del agua, expuesto al peligro de los ojos enemigos, queriendo ofrecer socorro a una yola a la deriva. Buscó entonces un pedazo de metal entre un montón de chatarra. Trató de nuevo, esta vez con más éxito. Logró agarrar parte de mis sogas y casi logra acercarme a la orilla si la punta del fleje no hubiera cedido a la resistencia que opuse sin proponérmelo. Por poco cae al agua. Tuvo que ocultarse de nuevo porque comenzaron a dispararle desde el otro lado del río. Así pasaron algunos minutos en que intentaba venir en mi rescate y tenía que volver reptando a su escondite, perseguido por las balas. En esos minutos vinieron a molestarme decenas de peces que trataron de comerme boca, pies y manos. ¿Por qué no iban a la basura que estaba todavía atrapada junto a mí en los maderos? Me pude dar cuenta de que sólo comían de ella los peces más pequeños y que los grandes preferían morderme las extremidades. Fue bastante desagradable y al mismo tiempo cosquilleante, pero por suerte aquella tortura no duró mucho. Para aumentar la soledad y el tedio del soldado que no dejaba de mirarme desoladamente desde la humareda del muelle, sin poder salir de su escondite, otro golpe de agua favoreció que yo siguiera desplazándome en una superficie ahora más clara y menos lodosa. El agua se hacía cada vez más tibia porque sin duda la proximidad del mar le calentaba las entrañas a la ría. Al llegar a la confluencia, yo, que había estado viajando de cara al cielo pálido de la aurora fui zarandeado por el remolino que me atrapó y que en seguida dispersó con bravura a mis acompañantes, dejándome completamente solo. Fueron vueltas horribles que me recordaron la primera vez que traté de nadar: tragar agua, sentir un zumbido en los oídos, un golpe insoportable en el estómago y la sensación de que todo el mundo está al revés. Así abandoné el muelle, ante el silencio indiferente del Alcázar de don Diego, es decir, de sus muros posteriores.

Después me enfrenté al mar y sus peligros. La agitación de las aguas impidió que los tiburones se me acercaran al principio, pero no bien llegué a un punto muerto de la corriente, vinieron presurosos en mi búsqueda. Unos cuantos cortes me dejaron las extremidades convertidas en muñones. No sangré mucho. Unas horas antes de que me arrojaran a la corriente del río había perdido casi toda la sangre, tendido en el piso de la improvisada celda. Por eso tal vez los tiburones me dejaron continuar navegando mar afuera, sin tocarme otra vez. Por ahora les bastaba con lo que habían conseguido. Las olas, que en perenne lucha con el rompeolas semidestruido fuerzan por quedar completamente libres, me han hecho encallar al pie de este acantilado, sobre la arena mojada que ya comienza a calentarse. He permanecido quieto, sin el más ligero movimiento durante media hora. Una miríada de moscas golosas que sin duda proviene de los humeantes basureros de la ciudad ha percibido el olor de mi carne y no cesa de posarse en mi cuerpo. Me tocan, me lamen, se lanzan contra mi carne húmeda, hacen toda clase de alocados vuelos y sonidos, bailotean como si festejaran el festín, parecen alejarse, zumban, vuelven. Es horrible. Un hombre no vale nada cuando no goza ni siquiera del respeto de las moscas. Con ellas han venido también, primero un niño, luego dos más y ahora ya hay ocho o diez personas que imagino señalándome, llevándose las manos a la boca con claras muestras de pavor.

—" ¡Un cadáver, no tiene manos ni pies!"

—" ¡Tiene los brazos amarrados a la espalda!"

—" ¡Qué horror!"

—" ¡Se parece al que vimos en el rompeolas anteayer!"

Yo voy sintiéndome incómodo, porque no me gustan las comparaciones ni me siento halagado cuando se me toma como espectáculo público. Siempre he sido un tipo serio. Aparte de las moscas que son un verdadero fastidio, ahora está toda esa gente tratando de ver quién soy y queriendo identificarme (porque no pueden ver mi cara: estoy tendido de bruces y sólo puedo oír sus voces, cada instante más cercanas).

—" ¡Busquen una soga, vamos a subirlo!"

Quisiera saber lo que pasará después que lleguen aquí y vean mi cara y sepan por fin quién soy. Agradezco a las olas que no puedan hacerlo: ya lo único que deseo es estar solo.

—" ¡Dame la soga, rápido!"

Las olas están llegando con más fuerza, casi me arrastran, siento que la arena va deshaciéndose bajo mis piernas. Las moscas se espantan asustadas cuando la espuma salada me salpica. Oigo gritos distintos a los de hace un momento y pienso que han llegado a un punto que les obliga a detener el descenso: si caen sería fatal, las rocas aquí abajo son filosas.

—"¡Sujétame bien... No, así no... Así!"

Las olas me llevan, primero las piernas y el tronco, después el tórax y la cabeza. Los gritos crecen.

—" ¡HAY UN HUECO AQUI ABAAAJOOO, NO PUEDO SEGUIIIR!"

Mi improvisado salvador está tan cerca que puedo sentir su respiración. Si tuviera más imaginación y menos miedo podría llegar fácilmente. No lo hará. No le teme a la altura sino a mí. No veo su cara pero puedo adivinar su expresión, una cara donde saltan unos ojos aterrorizados. Siento de nuevo los gritos, el hombre parece que sube. Aspaviento general.

—" ¡Necesito más ayuda!"

Otros han sido más inteligentes. Un grupo de chiquillos baja ahora a la playita. Sólo tienen que salvar un trecho de agua furiosa y podrán rescatarme entonces. Una ola gigante me separa considerablemente de la ribera, voy alejándome acunado por el graznido de las gaviotas hambrientas que empiezan a acercarse, atraídas por mi cuerpo. Comienzo a desplazarme en la superficie nuevamente. Los gritos me siguen por el rompeolas semidestruido. Se detienen allí; no pueden continuar. He salvado algunos cientos de metros, los disparos del lado enemigo comienzan de nuevo y las voces se desvanecen de golpe: todo el mundo busca refugio.

Estoy en alta mar. Mi cuerpo es ahora una yola de pescadores que navega sin tripulación.

La prueba

♦ ♦ ♦

El Grupo había escogido el día en que debía realizarse la prueba: sábado en la mañana, en un viejo mango de la Avenida Independencia. Por mucho tiempo
yo había estado sintiendo miedo, un indescriptible
miedo a la prueba y un terror al fracaso y a la frustra-
ción y al rechazo, tres cosas que podían determinar,
pensaba yo, mi futuro individual y mi vida respecto a
los demás el resto de mis días. Yo no podía continuar
así, viendo cómo cada día que pasaba me aislaba más
y más, encerrado en un círculo del que no tenía salida a menos que pasara la prueba. Acababa de mudarme al barrio y no tenía amigos. Mi único entreteni-
miento después que llegaba de la escuela eran mis cua-

De: *Viaje al otro mundo.*

dernos de dibujo y mis lápices de colores y los mundos que podía recrear con ellos. Me iba al cine los domingos con un primo que me visitaba con frecuencia; en las noches hacía mis ejercicios y repasaba mis lecciones. Era una vida sin variaciones, sin excitaciones. El Grupo me había mostrado hostilidad desde que llegué al barrio y condicionó mi ingreso a la organización mediante la aceptación y práctica de su norma fundamental: la prueba. Yo quería estar con ellos, me sentía muy solo, no tenía con quién hablar, sólo con July, y a ella no la dejaban hablar sino de estudios y cosas por el estilo porque la mamá siempre estaba con ella para ayudarla en sus trabajos, según decía, aunque yo notaba que la vigilaba todo el tiempo.

Estuve pensando y analizando con cuidado las alternativas que se me ofrecían y los beneficios que iban a desprenderse de todo aquello, y, vencido el plazo que me habían dado para responder, me presenté ante ellos y les dije que sí, que aceptaba. Estaba dispuesto a jugarme el todo por el todo, tenía que dar la cara o seguir siendo la víctima indefensa de El Grupo. Si ganaba, si triunfaba, aparte de la aceptación general, se acabarían los saludos de Manolito, que siempre me recibía con un quiái pendejo, cuándo te vas a decidir, dime pendejo dime, o le tienes tanto miedo a caerte de esa altura y partirte en siete, dime pendejo dime; se acabarían las ofertas gratuitas de Pepe, que al columbrarme me espetaba te dejo montar mi bicicleta un día entero acoñao si pasas la prueba, eh, qué dices acoñao, eh, qué dices; acabarían de apagarse las miradas doblemente torcidas e impenetrables de Toño, el

bizco, que podía ser más efectivo con los puños que
con la vista; se acabaría el temor infundado de Memé,
con su andar nervioso y su expresión anhelante, que
en cuanto me veía no cesaba de gritar no te me acer-
ques mucho coño, si no quieres que te pegue dos
trompá coño; y tendría tal vez más efectividad la defensa de Lolo, el tartamudo más sosegado que he conocido en mi vida, d-d-d-d-d-déjenlo ya, no jo-d-d-d-
dan t-t-t-tanto, d-d-d-d-déjenlo ya.

Cada uno había pasado su prueba y yo debía también someterme a la mía. Las pruebas debían ser, al
menos en teoría, difíciles para el aspirante y el que
fracasaba era rechazado o impedido de admisión hasta que lograra aprobar el examen. Cada miembro de
la organización proponía una hazaña especial, una demostración de valor o fuerza o constancia o desafío,
que debía realizarse con ciertos detalles para que tuviera validez. La proposición más original se sometía a
votación, aunque a veces primaba la influencia de Manolito que, siendo líder natural de El Grupo, aceptado
por su bravura y astucia para procurarles a todos aventuras y capacidad ofensiva, trataba de imponer su crite-
rio. Sin embargo, se respetaba la decisión de la mayoría; la democracia interna era un hecho. El Grupo sabía que yo era incapaz de mirar hacia abajo desde el
balcón de un tercer piso, y lo sabía por Magaly, la
hermana de Manolito, que me había visto palidecer y
vacilar y marearme la primera vez que subí a la casa
de July el día que fui a ayudarla a recortar unos ma-
pas para pegar en su cuaderno de geografía. Alguien
me llamó abajo, y entonces se me ocurrió mirar y ahí

fue donde recibí un golpe en el estómago que luego
pasó a la cabeza directamente y sentí que todo giraba,
que iba a caerme y July, muy asustada, tuvo que agarrarme por un brazo y entrarme a la casa. No era la
primera vez que me pasaba algo así, también me había pasado en casa de Tía Altagracia, que vivía en los
altos de una casa del barrio. Como El Grupo no había
pensado todavía en nada especial para mí, cuando
Magaly le contó a Manolito el incidente, el líder comenzó a pensar en una buena prueba en la que estuviera incluida la altura. Así fue como surgió la proposición de que yo trepara a la copa de un viejo mango, enorme, cuyo tronco se alzaba lleno de tentáculos, en un abandonado solar conocido de todos, y
del punto más alto apeara un racimo de mangos dorados que El Grupo comería para celebrar el ingreso
del nuevo miembro. Si dejaba caer el racimo o magu-
llar los mangos, perdería la prueba.

Teníamos que bajar de San Carlos hasta los viejos
solares de la Avenida Independencia, donde en ese
tiempo las villas no habían sido tragadas aún por la
ciudad. Yo hubiera preferido que mi prueba consis-
tiera en otra cosa, por ejemplo, en correr mucho sin
dar muestras de cansancio o sacar la lengua o detenerme, o en ganarle a cualquiera nadando en Güibia;
pero no se trataba de mis deseos ni mucho menos, porque El Grupo sabía bien que pedirme alguna de esas
cosas no significaba someterme a una demostración
auténtica de valor. Yo debía vencer mi acrofobia o
darme por vencido. Ya les había costado a algunos un
verdadero trabajo lograr su cometido, como a Pepe,

que tuvo que hacer un recorrido en bicicleta por varias calles sin frenar en las esquinas, con el corazón en la boca, arriesgándose a que lo arrollara un carro o un camión en medio de la calle; o a Toño, que debió pelearse con tres muchachos mayores que él a la vez y salir campeón; o a Memé, que había perdido un diente, tratando de demostrar que podía correr en un alto muro sin perder el equilibrio; o a Lolo, que tuvo que comerse una docena de algarrobas, una tras otra, sin tomar agua, pronunciando en las pausas algunos trabalenguas que El Grupo había preparado especialmente para él, como ese que decía Tancredo—trajo—de—Troya—trescientos—treinta—y—tres—mil—trescientos—treinta—y—tres—trajes—troyanos... Si todos habían pasado su prueba, por qué diablos iba yo a dejarme intimidar a última hora.

En el trayecto, El Grupo se dividió en conjuntos de a dos para no despertar ni sospechas ni recelos de la gente o de los policías, guardando entre sí una distancia prudencial. Manolito llevaba su tirapiedras y en cuanto salimos de San Carlos y nos metimos en las calles tupidas de flamboyanes que circundan el Capitolio, empezó a tirar con delectación y empeño a los pájaros que veía, gritándose a sí mismo, como para saborear más el tiro, ahí, casi te di, casi te di. Con él iba Toño, que se contentaba con destruir las ramas de los arbustos que hallaba a su paso, despalotaba plantas y cortaba flores que luego arrojaba a las cunetas. Encontramos trabajadores reparando casas, pintándolas de cal o removiendo con espátulas incansables la cáscara endurecida e inútil de las paredes; jardineros em-

peñados en dejar un acabado perfecto en el corte de
los coralillos o en la podada de los árboles; viejos ca-
sones con aspecto de mansiones abandonadas, embu-
tidos en el follaje, casi destruidos por el tiempo, como si en su interior no habitara nadie; casas parcial-
mente ocultas por las verjas altas o las palizadas den-
sas de enredadera; de vez en cuando nos salía al paso
un perro de raza, que nos ladraba hasta desgañitarse
tras los barrotes de algún portón y Manolito le hacía
gruñir con una pedrada en el húmedo hocico fuligino-
so. Pepe tuvo la desgracia de no llevar su bicicleta y
esto le mortificaba hasta la contrariedad, habiéndose
quedado con los pantaloncitos que usaba para mon-
tarla (esto en un intento de consolación), y no se cansaba de tumbarle la cachucha a Lolo, que mascullaba
cosas ininteligibles y le cerraba el puño en la cara a
Pepe, amenazándolo de muerte, mientras Memé se re-
ventaba de risa. Detrás iba yo, con el pensamiento hecho un ovillo, tratando de frotar mentalmente mis
músculos, sacando fuerzas para responder a la prueba.

Según bajábamos y nos aproximábamos al punto
elegido, los muchachos iban sintiéndose más libres, las
casas se alejaban más entre sí, había más árboles y se
percibía con más fuerza el olor a yerba recién mojada
y contenta de sol. Lolo tuvo que darle unos cuantos
capirotazos a Pepe, que seguía tumbándole la gorra, y
le decía, si sigues jo—d—d—d—d—diendo t—t—t—te
d—d—d—d—doy un c—c—co—co—t—t—t—tazo oíst—
t—t—te, pero Pepe no le hacía caso y volvía a tumbár-
sela con un desenfado increíble. A mí me entró verdadera curiosidad frente a algunas casas, y me retrasé un

poco porque hubo un momento en que me quedé pensando en todas las comodidades que habían de existir dentro de ellas; también pensaba en lo agradable que sería tomar el sol bajo los cocoteros de agosto, con una limonada en la mano, con espejuelos oscuros para contrarrestar la intensidad de la luz, lejos del ruido de los autos de la calle y del polvo de las esquinas, mirando el juego de los perros en el amplio patio sellado de yerba. Manolito me sacaba del sueño con un grito lejano al que yo respondía con rapidez.

Al fin llegamos al punto convenido. El árbol esperaba en silencio, aunque el viento movía a veces las ramas, y las hojas emitían un ligero y rítmico sonido. Ahí estaba, impávido, sereno frente a todos, el mango poderoso que había resistido los embates del viento furioso y vengativo de cada temporada ciclónica año tras año y había sido testigo, según Manolito (aunque quizás esto no era más que una invención porque un mango no sobrevive tanto tiempo), del asesinato de un presidente de la república y numerosos combates en la época anterior a la ocupación norteamericana del dieciséis. Todos hicieron un círculo alrededor del mango, menos Pepe que me ayudaba poniéndose a horcajadas para facilitarme la subida. Fallamos los dos primeros intentos porque yo no lograba agarrarme de la rama por la que debía trepar. Dos veces caí de pie y volví a emprender mi tarea. Pepe estaba impaciente y terminó aullando este acoñao no sube, lo apuesto coño, no sube. Seguíamos tratando y no conseguíamos nada; luego vino Lolo y también formó parte del puente humano. En el momento en que menos lo esperaban logré agarrarme fuertemente de la rama y entonces Pepe me tomó por una pierna y Lolo por la otra y acabaron de darme el empujón que yo necesitaba. Quedé suspendido en el aire unos cuantos segundos, balanceándome como un péndulo, mientras oía las voces y la algazara, el dale pendejo... dale ahora coño... agárrate acoñao... agárrate con toda tu fuerza... agárrate... agáaaaarrateeee.

Inicié mi ascensión lentamente, procurando no agotarme antes de llegar a la copa, porque entonces no tendría fuerzas para hacer un descenso decoroso sin tener que avergonzarme de mi debilidad. Ya comenzaba a sudar, pero no hacía mucho calor, la hora era fresca y eso me favorecía. Trepar a un mango es algo realmente singular, otro mundo en el que se sueña en verde. Las ramas del mango son gruesas y su corteza es áspera, tiene un ramaje espeso y si es época de recolección del fruto, a cada paso se topa uno con racimos de mangos verdes y mangos pintos y mangos dorados y mangos perforados por las ciguas y los carpinteros y hasta con mangos en flor que no llegan a desarrollarse nunca. Por eso yo estaba haciéndome la idea de que mi subida era como una ascensión a un trópico desconocido. No debía detenerme hasta llegar a la copa y cada vez notaba que las ramas se iban haciendo más finas y más frágiles y que las gruesas se quedaban abajo, donde se había apagado el murmullo de El Grupo, pero yo no me atrevía a mirar por temor al vértigo. En realidad, yo no debía mirar ni un instante hacia abajo, si no lo hacía podría llegar a la altura estipulada, tomar mis mangos y descender sin mirar

demasiado. Cogí una rama pensando que era resistente y casi me desplomo, cuando ya estaba como a una
altura de ocho metros. Hubo un griterío confuso pero
no pude darme cuenta de lo que hacían porque estaba
muy empeñado en no dejarme caer. Antes que caer,
prefería morir allí mismo y que fueran a darle a mi
madre la noticia, pero bajar derrotado no podía acep-
tarlo, tenía que intentar lo mejor.

Al griterío siguió un silencio unánime, roto sola-
mente por el ruido de vehículos en marcha que se
aproximaban y se alejaban dejando el mismo silencio
unánime de antes. Poco a poco fui controlando la situación y utilicé mis piernas para sujetarme a una rama cercana; con gran dificultad fui pasando de una
rama a otra, con cuidado, despacio, procurando hacer
equilibrio. Por momentos creí que me desplomaba,
sentí todo el sol dándome en la cara, un pedazo de sol
que se filtraba por una hendedura de la copa. Vi los
reflejos del sol en el verdor de las hojas y sentí, todos
al mismo tiempo, los rojosazulesvioletasamarillosblan-
cos muy intensos que me cegaban y me ardían el rostro. Logré el control. Debía sólo ascender unos pies
más y allí estaban los mangos dorados, los únicos que
llegan a dorarse completamente, porque a los que están en las ramas inferiores no los dejan cuajarse las pan-
dillas de maroteadores que azotan desde principios de
verano esta parte de la ciudad, estos solares donde
abundan mangos y caimitos y nísperos y limoncillos
que son los frutos favoritos de todo maroteador de
oficio. Se me hacía cada vez más difícil ascender sin
correr el riesgo de desprenderme súbitamente; yo pe-

saba setenta libras a los doce años y no era probable que las ramas nuevas resistieran ese fardo. No lo pensé dos veces. Sólo me faltaba un pie y ya tendría en mis manos el racimo de mangos dorados. Yo pensaba en las caras de El Grupo cuando bajara, sin ningún rasguño, con los mangos: Manolito con una expresión de insatisfacción que no era otra cosa que su forma de decirme quisimos joderte pero siempre te saliste con la tuya, pendejo; a Pepe ofreciéndome su bicicleta para el domingo, a Lolo sin saber qué decirme pero expresando su tranquilidad porque comprendía que mi suplicio había terminado, y a Toño y Memé mirando golosamente los frutos y pensando que no iban a poder darse la panzada soñada por lo escaso del número. Los agarré. Los desprendí cuidadosamente. Eran siete, siete mangos dorados. Al fin tenía mi presa. Eran mangos grandes de los que llaman zumosos, que dejan la boca ardiente y perfumada después de comerlos pero que dan un placer indecible. Son mangos de corteza resistente y muy resinosa y el olor a trementina es fuerte y la pulpa es abundante, más abundante que en cualquier otra variedad: ni los banilejos, ni los tablitas, ni los guerreros, ni las mangas superan los zumosos en la pureza de la resina y en el perfume. Ya con mi presa en la mano empecé un descenso trabajoso. Por las hendijas pude ver los balcones llenos de tiestos de flores de las casas más cercanas y los techos de los edificios con muchachas tendiendo ropas, muchachas negras vestidas de blanco y muchachas lustrosas tarareando canciones conocidas. Mirando al sur podía verse el mar verdeazulblanco que terminaba en una línea perfecta y se juntaba con un azul más pálido que iba subiendo de tono lentamente.

Para ver el trecho que me faltaba y sin meditar la consecuencia, se me ocurrió mirar hacia abajo. Ahí mismo mi cabeza se ahuecó, sentí un vahído, un tirón que me halaba con fuerza, pensé que iba a caerme y que me desplomaría sin remedio. Quise gritar con un grito alocado que no llegó a salir. Hubiera sido una estupidez mía y por eso me contuve. Bajé con rapidez, como un títere, no sé cuántas pulgadas, sin soltar mi presa. Me golpeé la rodilla y un tobillo se me dislocó, pero logré sujetarme con fuerza de una rama, con todas las fuerzas físicas de que era capaz. Allí quedé sujeto unos segundos, aún con la sensación de pánico y respirando sonoramente. El Grupo me pedía que acabara de bajar de una vez por todas y así lo hice. Cuando llegué al suelo ya había tirado el racimo a uno que lo agarró con avidez. Todos fueron hacia mí y ninguno dijo nada pero yo ya sabía que había pasado la prueba y que ya podía considerarme como uno de El Grupo. Luego comenzamos a apedrear el árbol y docenas de zumosos cayeron para completar la ceremonia.

No regresamos por el mismo lugar que habíamos venido. Tomamos la George Washington, comiendo los zumosos, tirando las cáscaras a la vía y sacando la lengua a los curiosos que pasaban en carros veloces y a los transeúntes que se quedaban mirándonos con extrañeza. Cuando terminamos nos limpiamos automáticamente en los fondillos las manos y nos detuvimos a ver el mar cerca de Güibia. Allí el mar estaba precioso y más calmo y silencioso. Para mí fue un alivio porque la pierna comenzaba a dolerme y el tobillo a hinchárseme. Estuvimos sin decir nada no sé cuánto tiempo, mirando a otros niños desnudos cerca de la orilla, entre las olas que venían a morir, desganadas, en la arena; mirando a Manolito que no cesaba de tirar piedras al agua, mientras todos centraban su atención en el punto adonde iban a dar las piedras. Pero yo, gozando mi victoria, sentía que no querían decir nada porque les costaba creer que había pasado la prueba.